Le Livre de Poche Jeunesse

ALEXANDRE

Bertrand Puard

Passionné de littérature, Bertrand Puard a été lecteur dans une maison d'édition avant de se lancer dans l'écriture. Depuis, il a écrit plus d'une trentaine de romans dans des genres très variés ainsi que plusieurs feuilletons radiophoniques inédits pour France Culture. Cinéphage, il participe également à de nombreux projets de scénarios dans l'univers du cinéma, de la télévision, des jeux vidéo et de la bande dessinée.

BERTRAND PUARD

ALEXANDRE

L'INTRÉPIDE DUMAS

Le bonheur est comme ces palais des îles enchantées
dont les dragons gardent les portes.
Il faut combattre pour le conquérir…

Alexandre Dumas,
Le Comte de Monte-Cristo

NOTE DE L'AUTEUR

Ce roman, le premier d'une série qui se propose d'explorer la jeunesse de quelques-uns des plus grands romanciers de langue française que j'admire, est une fantaisie.

On y croise de véritables faits historiques dans une intrigue imaginaire ; des vrais amis de Dumas et d'autres personnages inventés. Il m'a semblé intéressant de jouer sur le flou à propos de différents aspects de la vie d'Alexandre. Était-il encore au collège en 1814 ? Écrivait-il déjà ? Les biographes auront leur avis. Moi, je ne suis qu'un humble romancier.

Ce que je souhaite ardemment, par ce roman et par les prochains, c'est surtout rendre hommage à l'écrivain et à une ou plusieurs de ses plus célèbres œuvres. C'est montrer qu'une vocation littéraire se construit aussi, et surtout peut-être, dès l'enfance. J'en suis intimement persuadé. C'est enfin vous donner envie à vous, lecteur, de découvrir l'œuvre originale qui surplombe celle que vous vous apprêtez à commencer.

Je ne pouvais rêver meilleur ambassadeur que le jeune Alexandre Dumas pour cette série. N'est-ce pas lui qui, adulte, a eu cette formule qu'affectionnent particulièrement les romanciers historiques :

Si j'ai violé l'Histoire,
je lui ai fait de beaux enfants.

Le premier verbe n'est pas heureux. Mais la formule a présidé à la conception de cette série. J'espère que la fratrie sera nombreuse et qu'il ne me viendra pas à l'idée de renier un seul de ces enfants !

Merci pour votre attention, et à très bientôt en compagnie du jeune Émile Zola.

CHAPITRE 1

La terre humide me tombait sur le visage. Elle m'aveuglait. Ici, j'ai éprouvé de la peur pour la première fois depuis le début de mon aventure. Le souterrain était déjà plongé dans l'obscurité, ce qui rendait mon avancée difficile, mais ajoutez à cela les éboulis et les trois sbires du comte Cavalcanti lancés à ma poursuite, je n'en menais pas large.

— Sale petit rat ! hurla un des hommes lancés à ma poursuite. Tu ne nous échapperas pas !

Je continuais à courir vite, je les tenais à distance grâce à mes jambes d'adulte, moi qui n'avais que onze ans. On s'en moquait suffisamment, au collège, de mes deux pinceaux pour que je note ici leur extraordinaire utilité.

Au détour d'un boyau, je trébuchai et me rattrapai de justesse. Je constatai que les trois hommes n'avaient pas gagné un pas sur moi. Je constatai aussi, à la lumière de la torche que tenait le premier, que le deuxième brandissait un poignard à la lame brillante, comme enflammée.

C'était donc le troisième qui tenait le pistolet. Il tira deux fois, coup sur coup. Le bruit me rendit sourd un bref instant, mais les projectiles ne firent que m'effleurer. J'accélérai encore l'allure et je vis la fin de ma course folle arriver. Nous avions étudié les plans des souterrains avec soin, Aglaé, Boudoux et moi, et j'étais donc parvenu en bas du puits qui allait me permettre de retrouver la fraîcheur de cette nuit de novembre. Je pris appui avec mes jambes et mes mains dans le conduit et le remontai à vive allure, en toute agilité, tel un chat acrobate. Je prenais soin d'arracher le plus de mauvaises herbes et de faire tomber le plus de terre possible sur les trois, en bas, pour qu'ils ne parviennent pas à me viser. Deux balles furent tirées encore, et une siffla à mon oreille droite lorsque, enfin, je bondis du puits pour reprendre ma course à travers le jardin à la française du comte Cavalcanti. J'entendis les trois hommes hurler leur désespoir.

Il pleuvait, la pelouse était glissante et le vent fort portait les aboiements de la douzaine de molosses que le comte avait lancés à ma poursuite. Afin de me donner du courage, je mis la main dans la poche de mon gilet pour serrer l'énorme rubis que je venais de subtiliser, cette magnifique pierre précieuse que le comte malfaisant avait volée à la famille d'Aglaé. J'avais jusque-là réussi ma mission, il ne me restait plus qu'à franchir le haut mur du domaine et à prendre place dans la diligence qui m'attendait.

Mais les chiens, de vrais molosses, énormes, velus, enragés, la bave aux lèvres, couraient plus vite que les hommes, et ils parvinrent presque à me rattraper tandis que je distinguais enfin dans la nuit, à travers les épaisses gouttes de pluie, le mur noir de la propriété. Je sentis même une résistance : la mâchoire puissante d'une des bêtes venait d'accrocher mon gilet trempé et je dus tirer, tirer sur mon vêtement à le déchirer, en continuant ma course pour me libérer. Je croisais alors les yeux d'un de ces monstres, des yeux jaune clair, hallucinants de violence, qui me mordirent plus sûrement encore que ses dents.

Je sautai sur le mur, m'agrippant au garde-corps, puis je me hissai afin de basculer de l'autre côté. La meute était restée au pied du mur, aboyant comme jamais.

— Vite, vite !

C'était Aglaé, assise à l'avant de la diligence, près de Boudoux, qui maniait le fouet. Encore en équilibre sur le mur, j'entendis une balle me siffler aux oreilles. Les sbires de Cavalcanti étaient de nouveau à mes trousses.

— Saute ! cria Aglaé.

La diligence était venue à ma hauteur et je n'eus qu'à me laisser glisser pour me retrouver dans les bras de ma bien-aimée. Je pus enfin lui remettre le rubis familial.

— Oh, Alexandre ! dit-elle, au comble de l'émotion. Tu as réussi !

Elle pleurait et moi je l'embrassai, passionnément, tandis que Boudoux, qui ne goûtait guère ces transports, donnait un coup de fouet inouï aux chevaux pour les faire démarrer à vive allure.

— Nous avons réussi ! dis-je en prenant place à l'avant.

— Ne criez pas victoire trop rapidement, répliqua notre cocher, un véritable colosse.

En tournant la tête, je vis en effet deux carrioles attelées chacune de deux chevaux puissants et lancées à vive allure dans notre direction.

— Coupe par le petit bois, ordonna aussitôt Aglaé. Celui qui mène à Oigny.

Mais Boudoux secoua la tête.

— Non, il fait trop sombre. Et j'ai peur que les chevaux dérapent sur les pierres mouillées.

Les carrioles ennemies se rapprochaient dangereusement. Aglaé et moi vîmes alors que les hommes de Cavalcanti, six au total, brandissaient tous leurs pistolets à deux coups, même les chauffeurs !

— Le petit bois, répéta ma bien-aimée, fais-moi confiance.

Boudoux tira violemment sur les rênes vers la droite, les chevaux ralentirent afin de négocier le dangereux virage sous la pluie qui redoublait. Le tonnerre grondait, les éclairs déchiraient le ciel. On eût dit que la fin du monde allait coïncider avec la fin de notre aventure de cette nuit.

Sous les branchages et les feuillages, une obscurité presque parfaite. Notre conducteur, les yeux plissés, guidait la voiture de main de maître, en connaisseur des lieux, cachant son appréhension sous sa parfaite maîtrise. La première carriole ne mit pas longtemps avant de quitter le chemin à la faveur d'un virage prononcé. Elle continua sa route tout droit et termina dans un ravin, renversée. Les hurlements des trois hommes à bord et les hennissements des deux chevaux nous confirmèrent qu'ils ne participeraient plus de sitôt à notre poursuite.

— À droite ! dit Aglaé.

— Non, trop de rochers, répondit Boudoux.

— Justement, à droite !

La demoiselle de mon cœur insistait et Boudoux prit donc à droite, en pestant. Ce fut l'instant qu'Aglaé choisit pour lui arracher le fouet des mains. Elle se hissa sur le toit de la diligence, tandis que nous roulions à toute allure, sur un chemin qui, après les pavés, était fait de trous et de bosses.

— Elle est folle ! hurla Boudoux. Mon fouet ! Mon fouet de cocher !

Mais Aglaé savait parfaitement ce qu'elle était en train d'accomplir. Arrivée à une intersection, elle fit claquer le fouet contre une branche en équilibre précaire sur une autre, au-dessus de nous, une branche qui ne se trouvait pas là par hasard. Ma bien-aimée avait été chargée d'assurer notre fuite et n'avait rien laissé au hasard. La grosse branche tomba sur un petit tas de bois au sol, qui se dispersa aussitôt, et un rocher sculpté comme une pomme se libéra et roula, roula sur le chemin, le bloquant tandis que notre diligence était passée à une feuille à tabac du drame.

Le drame, la carriole poursuivante ne l'évita pas. Prise dans son élan, incapable de freiner, elle heurta de plein fouet la pomme de granit et se disloqua entièrement sous le choc.

— Victoire ! hurlai-je, tandis que Boudoux, qui avait arraché en grommelant le fouet des mains d'Aglaé, guidait à présent les chevaux en dehors de la forêt, sur la large route qui nous mènerait vers Villers-Cotterêts.

Aglaé et moi nous serrâmes dans les bras, après avoir donné une vive accolade à notre grand ami. Et puis je me penchai à nouveau vers Aglaé, la renversant tout en la soutenant par les hanches, et déposai sur ses lèvres un…

— Alexandre… Alexandre !

… et déposai sur ses lèvres un doux baiser qui avait un goût de miel, et par-dessus tout, le goût de l'aventure triomphante.

— Alexandre, tu vas être en retard au collège ! Viens à présent ! Pose ta plume et viens !

CHAPITRE 2

— J'arrive, mère !

Alexandre soupira. Il regarda la montre de gousset qui se trouvait sur sa table de chevet. Il la tenait de son père, mort d'une longue maladie alors qu'il n'avait que trois ans. Oui, en effet, il était plus que l'heure de se rendre au collège.

— Encore tes récits… Ton écriture, marmonna sa mère, qui se prénommait Marie-Louise. Je me demande qui a bien pu te glisser cette passion dans la tête.

— Moi-même, mère, répondit Alexandre en se levant et en bombant le torse. Je n'ai besoin de personne pour décider de ma vie, ni de mes envies à vrai dire.

Marie-Louise hésita entre un sourire et une grimace. Elle savait son fils prompt à s'enflammer, il tenait cela de son père, entre autres traits de caractère, mais, au fond, elle appréciait l'esprit vaillant de son fils, toujours en activité, qui ne devait pas même s'éteindre durant son sommeil. Cela égayait ses mornes journées à tenir le bureau de tabac de la ville. Marie-Louise avait éprouvé quelque peine à se séparer de sa fille aînée, Aimée, qui avait neuf ans de plus qu'Alexandre et qui s'était mariée quelques mois auparavant.

— Range donc tes feuillets, dit-elle en pliant en quatre la couverture de son fils, sinon ils risquent de s'envoler lorsque j'aérerai ta chambre.

Le jeune homme de onze ans, mais qui par sa grande taille en paraissait bien trois de plus, haussa les épaules. Pyrame, leur chien de haute race comme il aimait à le présenter aux visiteurs, entra à cet instant dans la chambre et vint lécher la main de son bienfaiteur.

— J'en écrirai d'autres, dit-il, des aventures plus trépidantes encore et avec de plus belles phrases. Et puis, comme cela, ma prose sera peut-être lue par un passant moins idiot qu'un autre, qui ramassera mon manuscrit à terre. Alors, va, tu peux bien aérer ma chambre, mère, et créer quelques courants d'air !

Marie-Louise, cette fois, lui adressa un beau sourire. Elle ne voyait aucun mal à ce que son fils, dévoreur de romans en tous genres, dégaine la plume lors de ses moments de liberté. Non, ce qui l'inquiéterait, c'est que son fils veuille en faire son activité à l'avenir. Combien d'auteurs pouvaient se targuer de vivre de leur plume ? Combien d'écrivains pouvaient se vanter d'éviter la misère matérielle par la seule force de leur esprit ? Elle aurait souhaité que son garçon devienne prêtre, elle l'avait d'ailleurs envoyé au séminaire quelques mois plus tôt. Une réussite ! Alexandre, ivre de rage, avait préféré fuguer trois jours plutôt que de se rendre chez les curés. Il s'était réfugié chez Boudoux, l'ermite de la ville, qui vivait dans une cahute près d'un étang, et tous deux avaient passé leurs journées à chasser et à parler. Oui, une véritable réussite que cette idée de séminaire.

— Au revoir, mère, dit le jeune garçon en embrassant Marie-Louise avec tendresse.

— Ne traîne pas après les cours, surtout. J'ai entendu des bruits comme quoi les Cosaques se rapprocheraient de notre ville. Tu rentreras ici immédiatement.

Alexandre, sans répondre, descendit les marches de la boutique deux par deux, ses livres de classe sous le bras, puis il sortit en coup de vent. La cloche du bureau de tabac que Marie-Louise tenait depuis quelques mois continua à tinter longtemps après le départ de son fils.

Il remonta la rue de Lormet en direction du collège, tout en regardant une nouvelle fois sa montre de gousset. Que d'heures perdues et encore à perdre sur les bancs de ce satané petit collège de l'abbé Grégoire… Il n'y apprenait rien de vraiment intéressant. Il y perdait son temps, sa vie même ! Ah, si seulement il pouvait vivre des aventures aussi vertigineuses que celles qu'il couchait sur le papier, les soirs tard et les matins tôt !

Pour couronner le tout, aujourd'hui c'était le cours d'arithmétique, qu'il détestait. Alexandre ne prenait du plaisir qu'à la calligraphie. Et puis, bien évidemment, en dehors du collège aux cours d'escrime et aux leçons de danse, deux activités essentielles pour qui souhaitait vite devenir un homme qui compte dans le monde. Parce que Alexandre comptait bien devenir quelqu'un, comme l'avait été son père, un général de Napoléon, avant de tomber en disgrâce. Il comptait bien remettre le nom de Dumas sur le devant de la scène.

Le jeune homme poussa la lourde porte en bois du collège. Comme d'habitude, François-Hippolyte Bligny, son pire ennemi, l'attendait debout, au milieu de la cour de graviers, entouré de sa petite bande.

— Tiens, voilà le nègre, ricana le jeune garçon.

Alexandre avait l'habitude de cette insulte. Tout comme il avait l'habitude de ne pas se laisser faire. François-Hippolyte, fils d'un riche marchand de drap de Villers-Cotterêts, se moquait régulièrement du manque de moyens de la famille d'Alexandre et de ses origines, puisqu'il se trouvait que son père, le général, était né de l'union d'un militaire normand et d'une esclave à la peau noire. Dumas était d'ailleurs le nom de cette femme, et non celui du grand-père, un nom à rallonge de gentilhomme.

Alexandre et François-Hippolyte partageaient la même stature, colossale pour leur jeune âge, ce qui faisait leur joie lorsqu'ils en venaient aux mains : le combat n'avait rien d'inégal.

— J'ai peut-être du sang nègre qui coule dans mes veines, répondit Alexandre, mais au moins coule-t-il dru, pas comme le tien…

Il en avait d'autres, des répliques, des dizaines en stock. D'ailleurs, la plupart figuraient dans ses récits lorsqu'il s'agissait de lancer un duel entre deux de ses personnages. Il raffolait particulièrement de ces saillies.

Bligny se fraya un chemin à travers la cour pour venir se planter devant Alexandre, qui posa ses livres à terre pour avoir les mains parfaitement libres.

— Tu n'es qu'un nègre, répéta Bligny, un nègre dont la mère n'est même pas capable de faire dresser une pierre sur la tombe de son mari !

— Et toi tu es trop blanc pour être honnête…

Ce fut François-Hippolyte qui donna le premier coup dans le ventre de son adversaire. Alexandre encaissa sans reculer d'un pas. On entendit des cris de joie dans la cour du collège et, aussitôt, un cercle d'élèves se forma autour des deux combattants. Il rendit le coup de poing, cette fois dans la poitrine, et son adversaire se plia en deux avant de se relever, éructant de rage. Puis il y eut un autre soufflet arrêté par Alexandre dans le creux de sa paume. Mais il ne put éviter le coup de pied de Bligny sur sa cuisse gauche, ce qui le fit mettre le genou à terre. Les élèves prenaient des paris en friandises sur l'issue du combat. Les pas de deux des jouteurs faisaient atrocement crisser les graviers. Et puis Alexandre parvint à adresser un puissant coup du droit à Bligny, qui laissa échapper un cri. Un autre lui fit écho.

— Cela suffit, à présent !

C'était la voix de stentor de l'abbé Grégoire, qui courait vers eux en tenant le bas de sa robe de bure pour éviter de trébucher. Il sépara les deux élèves avec autorité.

— Je ne veux plus de cela dans ma cour, est-ce bien clair ? cria-t-il.

Le regard baissé, Bligny approuva. Alexandre, lui, dardait ses grands yeux enflammés sur ceux du directeur.

— Sachez que je ne laisserai jamais insulter mon nom ni ma famille, dit-il, encore haletant.

— Je ne souhaite pas savoir qui de vous deux a provoqué l'autre. Je veux que cela cesse, est-ce bien clair ? Et, pour vous punir de ce comportement puéril, vous me copierez trois cents vers chacun pour demain.

L'abbé Grégoire les emmena tous deux dans son bureau pour appliquer des feuilles de férule sur leurs ecchymoses, puis sonna le début des cours.

La matinée passa à manipuler des nombres et des chiffres. Une horreur pour Alexandre. Que de temps perdu tandis qu'il aurait pu se plonger avec délice dans un roman, un récit d'aventure qui l'aurait transporté loin de sa ville froide et brumeuse de Villers-Cotterêts... Sur quelque océan dont il ignorait encore le nom avant de le lire sur le papier.

Ou bien aurait-il chassé quelques oiseaux avec Boudoux, le gargantua de la ville. Avec lui, il devenait trappeur. Ou bien encore passé quelques instants avec Aglaé, sa meilleure amie, de quatre ans son aînée, qui était vendeuse dans une boutique de mode le jour, et lectrice attitrée et attentive des récits d'Alexandre la nuit.

Mais non, non, il y avait ces fichues règles de calcul à apprendre !

À midi, Alexandre fut le premier à quitter le collège par la grande porte, sans demander son reste. Il décida de ne pas écouter sa mère et sortit même de la ville pour se rendre à l'étang où habitait Boudoux. Mais son ami était introuvable. Dépité, il regagna le cœur du bourg mais le magasin de mode où travaillait Aglaé venait de fermer ses portes et l'apprenti écrivain ne croisa pas son charmant minois.

Décidément, une bien morne journée depuis qu'il avait posé sa plume ce matin !

Il rentra donc chez lui, empruntant des rues tout de même étonnamment désertes à cette heure du jour.

Lorsqu'il arriva devant le bureau de tabac de sa mère, il trouva porte close, chose inhabituelle à l'heure du déjeuner. Il tambourina à la porte et vit la figure de Marie-Louise collée à une des fenêtres de la boutique. Elle vint lui ouvrir aussitôt.

— J'étais morte d'inquiétude, dit-elle en le serrant dans ses bras.

Elle le tira avec difficulté pour qu'il entre et referma la porte à double tour.

— Mais que se passe-t-il, mère ? demanda Alexandre.

— Comment ? Tu n'es pas au courant ?

Le jeune garçon secoua la tête.

— Les Cosaques sont arrivés aux portes de Villers au milieu de la matinée. Ils vont certainement chercher à nous faire du mal, il faut fuir la ville, se réfugier quelque part !

Alexandre, pas inquiet pour un sou, eut même un petit sourire devant cette perspective.

Enfin un peu d'aventure et de danger !

CHAPITRE 3

Les Cosaques ! Les ennemis de la France ! Ceux qui osaient venir défier l'autorité de Napoléon Bonaparte ! On racontait sur eux les pires anecdotes : monstres avides de sang venus depuis leurs steppes slaves pour conquérir Paris, cavaliers émérites, membres de la Garde impériale russe, au courage inouï et à l'aptitude au combat immense.

Alexandre les voyait bien dans son esprit, ces Cosaques. Et d'ailleurs, il se rappelait même avoir tenté la description de l'un d'eux dans un de ses récits. Voyons… Où l'avait-il rangé celui-là…

Mais sa mère ne lui laissa pas le loisir de se replonger dans ses feuillets.

— Dépêche-toi, Alexandre… Tous nos voisins ont déjà quitté la ville. Prends quelques vêtements très chauds et une couverture, et suis-moi.

Ce début du mois de mars 1814 n'était pourtant pas particulièrement froid.

— Pourquoi des vêtements chauds, mère ? demanda-t-il.

— Nous allons nous réfugier dans une carrière en dehors de la ville. Nous y serons cachés le temps que l'avant-garde cosaque passe à Villers.

Mais Alexandre avait une meilleure idée. La cahute de Boudoux, près de l'étang. Là, ils seraient autant en sécurité, sinon plus, car ils seraient les seuls, et sous la protection du colosse. Et puis, pour celui qui ne connaissait pas les environs, il était impossible de trouver l'habitat rudimentaire du chasseur.

— Nous pourrons y rester le temps nécessaire. Nous chasserons des oiseaux et nous pêcherons avec Boudoux de quoi nous nourrir pendant le temps de notre retraite. Et puis, ainsi, vous ferez enfin sa connaissance et vous le trouverez bien gentil garçon, je vous assure...

Marie-Louise, qui pliait avec difficulté une épaisse couverture de laine en quatre, secoua la tête.

— Non, il n'en est pas question ! Je n'ai aucune envie de faire plus ample connaissance avec ce rustre qui ne doit pas même savoir lire ni écrire. Nous irons à la carrière avec les autres.

Alexandre ne discuta pas ce point. La réputation de son ami n'était plus à faire, même s'il lui trouvait de nombreuses qualités bien méconnues des habitants de la ville.

— Nous passerons tout de même prendre Aglaé, au cas où elle n'aurait pas eu le temps de rentrer chez ses parents ?

La mère haussa les yeux au ciel.

— Nous partons, Alexandre, est-ce bien clair dans ton esprit ? Il ne s'agit pas d'un jeu, nous ne sommes pas dans un de tes récits d'aventure. Nos ennemis sont à nos portes. Il est hors de question que nous opérions un détour par le magasin de mode où travaille Aglaé. Tu ne sais pas de quoi sont capables les Cosaques.

Mais Alexandre, cette fois, ne comptait pas obtempérer.

— Eh bien moi, je vais tout de même voir si Aglaé n'a pas besoin de mon aide.

— Je te l'interdis ! hurla Marie-Louise.

Le jeune garçon fourra quelques vêtements choisis au hasard dans un grand sac en jute, prit sa couverture en laine sous le bras et descendit en courant les escaliers.

— J'emmène Pyrame avec moi, dit Alexandre. Je te retrouve sur la route de la ferme de Noue !

Le gros chien marron le suivit, visiblement très heureux de sortir à vive allure du bureau de tabac où il étouffait. Marie-Louise voulut interdire une seconde fois, mais son fils était déjà sorti. La peste soit de ses emportements ! Un enfant capable de fondre en larmes pour un rien et de provoquer en duel un adulte qui aurait outragé son nom !

La mère secoua la tête et se hâta de terminer ses bagages.

Alexandre marchait d'un bon pas dans les rues quasi désertes de la ville. Le ciel était bas et gris, le soleil ne perçait pas, il faisait presque nuit, un temps de bataille ou même d'apocalypse. Mais le jeune garçon avançait vers son but, le magasin de mode, qui se situait non loin du collège. Il semblait toujours fermé, mais Alexandre, en collant son visage contre la vitre où était inscrit le nom des Rigolot, les sœurs propriétaires de la boutique, distingua une petite lueur dans le fond du magasin. Il frappa contre la vitre plusieurs fois.

— Aglaé ! appela-t-il.

Personne ne lui répondit.

— Tu ne devrais pas rester là, petit, lui dit un inconnu qui passait sur la chaussée, en se hâtant.

— Je ne suis pas petit, rétablit Alexandre.

Il appela à nouveau. L'homme haussa les épaules et lui lança en continuant son chemin :

— Il y a une porte ouverte, là, sur le côté...

La porte de la remise, parfait ! Toujours avec Pyrame, Alexandre contourna le magasin et entra.

— Aglaé ?

Il entendit alors un petit oui, le oui d'Aglaé qui se trouvait dans la remise, assise à même le sol, ses jambes repliées contre elle.

— Aglaé, elles t'ont laissée ici ?

Il se précipita vers elle pour la prendre dans ses bras robustes et immenses. Et il déposa un baiser sur ce petit visage tout rose, surmonté de ces cheveux dorés qu'il aimait tant admirer.

Mais il se reprit, car l'heure n'était certes pas à l'admiration !

— Tu vas venir avec moi, nous allons nous réfugier dans une carrière, près de la ferme de Noue, le temps que l'avant-garde cosaque passe dans le village. Je dois y rejoindre ma mère.

Aglaé se leva difficilement.

— J'ai eu un peu peur, avoua-t-elle.

Pourtant, ce n'était pas le genre de la demoiselle, pensa Alexandre.

— Mais ce sont les sœurs Rigolot, tes patronnes, qui t'ont abandonnée ici avant de partir ?

Aglaé secoua la tête.

— Non, elles m'ont laissée faire l'ouverture de l'après-midi, elles avaient un rendez-vous important à préparer. Je ne les ai pas revues et je n'ai pas eu le courage de sortir seule lorsqu'une cliente m'a alertée au sujet des Cosaques. Du reste, je n'aurais pas su où aller.

Alexandre lui assura que tout irait bien à partir de maintenant.

— Ne prends pas de vêtements ni de couverture. Nous partagerons les miens.

Aglaé le suivit vers la porte, lui donnant la main avec joie après avoir caressé le doux pelage de Pyrame.

— Tu ne crois pas que l'on serait mieux dans la cahute de Boudoux ? demanda-t-elle.

— Bien évidemment, lui sourit-il. Mais ma mère s'y oppose fermement. Et je veux rester avec elle pour la protéger, comme je vais te protéger, toi.

Il disait cela, Alexandre, du haut de ses onze ans et de sa haute taille, le regard fier et pénétré.

Ils sortirent du magasin et prirent à nouveau la direction du bureau de tabac. Il faisait à présent presque noir bien que la nuit ne soit pas encore tombée. Des habitants de Villers-Cotterêts arpentaient les rues avec des lanternes, et même certains avec des torches. Ils prenaient tous la direction des carrières.

Pyrame leur ouvrait la route. Alexandre et Aglaé étaient heureux de courir l'un à côté de l'autre et de vivre ce qui était bien une aventure. Dangereuse qui plus est.

À la sortie de la ville, Alexandre vit au loin Marie-Louise, en grande conversation avec Mme Lepic, qui tenait le commerce de boucherie. Elle portait elle aussi tout un barda sur son dos.

— Mère ! appela-t-il. Je suis bien content, j'ai trouvé Aglaé !

Et c'est à cet instant qu'ils entendirent dans leur dos, loin, mais en fait pas si loin que cela, un puissant coup de canon…

CHAPITRE 4

Le coup de canon résonna longtemps avant de s'éteindre. Il avait figé tous les habitants de Villers qui désertaient la ville. Sur la route, sur les talus, à pied ou à cheval, tous ceux qui se dirigeaient vers la carrière s'étaient immobilisés en entendant l'explosion. Puis, après une courte pause, en attendant certainement le second coup qui ne vint pas, ils se remirent en marche vers la carrière, accélérant la cadence.

Alexandre et Aglaé marchaient à la hauteur de Marie-Louise Dumas. Cette dernière avait à peine salué la jeune fille.

— Sentez-vous comme moi l'odeur de la poudre ? demanda Roger à la cantonade.

L'ancien soldat blessé à Austerlitz, une figure de la ville, claudiquait sur sa béquille. Il fuyait lui aussi, seul, avec un sac en peau de chèvre passé en bandoulière. Alexandre se proposa de le lui porter.

— Je n'ai jamais eu besoin d'aide de camp, petit, ricana Roger, qui mesurait bien dix centimètres de moins qu'Alexandre.

Plus on se rapprochait de la carrière, plus les fuyards distinguaient les torches et les lampes de ceux qui étaient venus ici pour se réfugier. Il y en avait bien une centaine à présent, de ces petits points de lumière, devant l'ouverture béante de la carrière de granit.

— J'espère qu'ils ne sont pas déjà en train de saccager la ville, dit Marie-Louise en parlant des Prussiens.

Elle était à bout de souffle, et ce fut Alexandre qui la soutint au moment de descendre dans la carrière afin d'éviter qu'elle ne glisse sur le sol couvert d'une mousse visqueuse.

— Il fait un froid de gueux, là-dedans ! tonna Alexandre. Si nous nous étions réfugiés chez Boudoux, alors...

— Ton Boudoux, il ne vaut rien, dit Roger, qui avait tenu le rythme.

Il cracha à terre.

— Il est peut-être même de mèche avec les Cosaques... Ça fait deux jours au moins qu'on ne l'a pas vu traîner ses guêtres dans le centre... C'est qu'il aura été prévenu par ses amis étrangers !

Alexandre haussa les épaules.

— C'est absurde, ce que vous dites, répondit-il. D'un, Boudoux n'est ami avec personne d'autre que moi. Et de deux, il tient la guerre en horreur et n'aime guère les soldats.

— Alexandre, vas-tu te taire ! ordonna Marie-Louise.

Aglaé, en toute discrétion, posa son index sur la bouche du jeune garçon. L'heure n'était pas à la polémique. Alexandre grogna bien un peu, puis il se décida à obéir. Il prit d'autorité la lampe que tenait sa mère pour trouver une place dans la carrière qui était déjà bien peuplée et où les conversations allaient bon train.

Alexandre trouva un petit endroit à l'écart et au sec, un bout de terre coincé entre deux rochers qui ne suintaient pas, où ils pourraient dormir tous les trois.

Aglaé et Marie-Louise se posèrent enfin sur des couvertures et la mère sortit d'un panier en osier qu'elle avait fermement tenu pendant toute sa cavalcade un pain complet, quelques tranches de jambon et une grosse faisselle. Il était grand temps de se restaurer.

— J'espère que nous pourrons rentrer chez nous dès demain matin, soupira Marie-Louise en rompant le pain.

Alexandre récita une courte prière avant de mordre à pleines dents la nourriture. Il n'était pas frileux ordinairement, mais là, il enfila son paletot et tendit une de ses chemises à Aglaé qui frissonnait.

— Heureusement que tu es venu me chercher, dit la jolie blonde.

Alexandre lui sourit.

Ils mangèrent en paix. Pyrame ne fut pas le dernier à réclamer sa pitance. À intervalles réguliers, Roger ou un autre lançait une information invérifiable à la ronde. On disait que les Cosaques auraient incendié des maisons, un quartier entier de la ville, soulevant cris et pleurs, puis, une heure plus tard, on déclarait l'inverse, que de valeureux défenseurs avaient mis en fuite les cavaliers du tsar et que plusieurs de leurs chevaux retrouveraient leur pays la croupe criblée de flèches françaises !

— Des romans, pesta Alexandre, qui voyait bien que personne ne venait ravitailler en nouvelles les fortes têtes.

Depuis l'endroit où il se tenait, il lui était impossible de distinguer l'extérieur de la carrière mais, à la froideur qui s'accrut, à l'obscurité qui s'intensifia, Alexandre devina que la nuit était tombée à présent. Il remonta sa couverture, en prenant bien soin, dans un savant dosage, de ne pas en priver Aglaé qui se trouvait en face de lui, puisqu'ils la partageaient.

Son amie le remercia en souriant et Alexandre lui répondit d'un petit geste de la main. Il aurait bien fait un peu plus, évidemment. Il aurait aimé déposer sur ce sourire un baiser, comme il en rêvait depuis plusieurs mois, comme il le faisait, d'ailleurs, dans ses écrits. Mais là, avec sa mère juste à côté…

— Il ne me semble pas que les sœurs Rigolot soient avec nous ce soir, dit Alexandre.

— J'espère qu'il ne leur est rien arrivé, souffla la jeune fille.

Elle se trouvait bien, ici, malgré l'aspect rudimentaire de la carrière. Toute son angoisse du début de l'après-midi avait disparu. Aglaé aimait être avec Alexandre. Elle aimait son caractère fort mais non dénué d'une profonde tendresse par instants. Elle le trouvait beau, aussi, peut-être un peu trop maigre, mais son visage surmonté de sa tignasse blonde, avec ce nez droit et joli, ces grosses lèvres roses et ces dents blanches, lui paraissait sympathique.

Aglaé papillota des paupières. Le sommeil vint naturellement et elle s'endormit à quelques moutons de distance de son ami Alexandre.

Le lendemain, un peu avant six heures, Roger réveilla toute la carrière en hurlant que les Cosaques ne se trouvaient plus à Villers-Cotterêts.

— Ils sont partis ! hurlait-il. Ils sont partis, ces chiens !

Pyrame aboya de joie et Alexandre, Aglaé et Marie-Louise se levèrent aussitôt. Ils avaient plutôt bien dormi mais l'humidité de l'endroit avait rouillé leurs articulations. Ils eurent un peu de mal à se remettre en route.

— J'ai hâte de retrouver la maison ! dit Marie-Louise.

Aux dernières nouvelles, les Cosaques n'avaient pas fait de trop gros dégâts, mais plusieurs témoignages contradictoires s'affrontaient. Il faudrait une journée ou deux afin de dresser le bilan du passage des ennemis à Villers-Cotterêts.

Aglaé déclara aussitôt qu'elle souhaitait rentrer au magasin de mode au plus vite afin de s'assurer que les sœurs Rigolot, ses employeuses, étaient saines et sauves.

— Je vais te raccompagner, dit Alexandre. Je suppose que les cours n'auront pas lieu au collège ce matin.

En effet, il avait noté la présence de deux professeurs parmi les habitants troglodytes de cette nuit. Marie-Louise donna son accord, faisant promettre à son fils qu'il rentrerait aussitôt après.

Durant le trajet du retour, Aglaé resta muette.

— Que t'arrive-t-il ? demanda Alexandre.

— Je n'en sais rien, balbutia la jeune fille, j'ai comme un pressentiment. Un mauvais pressentiment.

Le jeune garçon haussa les épaules tandis qu'ils entraient dans la ville, qui reprenait vie peu à peu. Des volets et des fenêtres s'ouvraient sur leur passage. Il ne sembla pas à Alexandre distinguer le moindre changement tout au long de ces rues et ruelles étroites et grises.

— Allons, ne te fais pas de bile. Les sœurs Rigolot n'auront pas pris de risque insensé, elles sont bien trop prudentes pour cela.

Et d'ailleurs le magasin de mode n'était plus qu'à quelques pas. La façade n'était pas allumée, le magasin pas encore ouvert, mais l'horaire était bien matinal.

— Allez, va retrouver tes patronnes ! dit Alexandre. Je te souhaite une bonne journée, mon Aglaé.

C'était la première fois qu'il utilisait l'adjectif possessif et, en retour, la jeune fille lui sourit.

— Merci à toi, Alexandre.

— On se retrouve cet après-midi ?

— Oui, tu passeras me chercher.

Alexandre tourna alors les talons tandis qu'Aglaé ouvrait la porte de l'établissement Rigolot.

Ce n'est que deux secondes plus tard que le jeune garçon entendit le cri terrible de son amie.

CHAPITRE 5

Alexandre se rua aussitôt dans le magasin et découvrit la raison de l'effroi de son amie.

Il y régnait un désordre inouï, comme il était impossible de l'imaginer chez les sœurs Rigolot, si soigneuses, même les jours d'inventaire. Tout était sens dessus dessous, des vêtements jonchaient le sol, des boîtes et des cartons à moitié écrasés traînaient à même les étagères.

« Les Cosaques ! » pensa immédiatement Alexandre.

Aglaé se mit à pleurer tandis qu'elle progressait dans ce capharnaüm. Elle essayait de ramasser les précieux habits et les chapeaux qu'elle aimait faire essayer aux clientes, mais il y en avait trop. Alexandre s'avança vers elle ; il voulait la prendre dans ses bras.

— Allons, ne t'inquiète pas !

Mais, pour toute réponse, Aglaé poussa un second cri. Elle venait d'entrer dans la petite pièce où ses patronnes faisaient leur comptabilité et leurs commandes.

Les sœurs Rigolot s'y trouvaient bien, vêtues de robes somptueuses qu'elles n'avaient absolument pas l'habitude de porter. L'une était assise sur une chaise, les bras le long du corps, l'autre était allongée sur le sol, un bras au-dessus de la tête, l'autre en dessous. Leurs yeux étaient grands ouverts, leurs visages, finement maquillés, s'étaient pétrifiés dans une grimace qui évoquait la peur.

Aussitôt, Alexandre se rua au sol.

— Elle respire, dit-il, en se relevant. Elles ne sont pas mortes.

Pour Aglaé, la scène était terrible. Le teint cireux des deux sœurs, leur parfaite immobilité... La jeune fille avait l'impression de se trouver face à deux mannequins de cire, ces mannequins qu'elle avait vus un jour dans un grand magasin parisien et que ses employeuses promettaient d'acheter un jour prochain pour les mettre en vitrine et présenter ainsi les modèles aux passants.

Aglaé domina sa peur, aidée en cela par Alexandre qui la pressait de faire un pas vers les sœurs, de leur parler afin qu'elles reconnaissent sa voix, une voix amie.

— Elles ont l'air très choquées, constata Alexandre.

La jeune fille se dirigea vers celle qui était assise à sa table.

— Edwige... bredouilla-t-elle. Edwige... Que vous est-il arrivé ?

Mais elle n'obtint aucune réponse. Pas un cil, pas une ride n'avait bougé sur le visage de la vieille femme. À l'exception de leur poitrine qui se hissait à la faveur de leur respiration, on eût pu les confondre avec des statues. Aglaé tenta de reprendre contact avec Marie, à terre, mais elle n'obtint pas plus de résultat.

Alexandre fit quelques pas pour ouvrir la porte qui donnait sur la rue et lança à la cantonade :

— Appelez les gendarmes !

Aussitôt, une dizaine de personnes vinrent coller leur nez contre la vitrine, sans rien voir, évidemment. Et les gendarmes ne tardèrent pas à débarquer. Ils étaient six et ils ne purent tous entrer dans le petit local où se trouvaient les deux sœurs.

Un des hommes apporta une lampe pour éclairer un peu plus la scène. Alexandre expliqua les circonstances de la découverte au brigadier-chef, qui conclut doctement la tirade du jeune homme par un tonitruant :

— C'est qu'elles ont vu le diable !

Un autre suggéra qu'elles avaient plus certainement vu les Cosaques, mais cette explication n'arriva pas à convaincre le gradé. Le maire débarqua dans la boutique quelques instants plus tard. C'était un petit homme court sur pattes qui passait le plus clair de son temps à essuyer son front poisseux. Il n'en crut pas ses yeux. Les sœurs Rigolot comptaient parmi ses amis intimes et cette découverte relevait bien de la tragédie et non du fait divers !

— Mon frère est professeur à l'Hôtel-Dieu, à Paris, dit le maire. Je propose qu'on emmène ces pauvres femmes là-bas afin qu'il les examine. La ville prendra en charge les dépenses.

Le brigadier-chef approuva. Lui, ce qu'il désirait, c'était ne pas s'éterniser ici. Il y avait suffisamment à faire avec les patrouilles dans les rues de Villers-Cotterêts à la recherche des dommages causés par la visite surprise des Cosaques.

On apporta deux brancards pour y déposer les demoiselles Rigolot. Elles se laissèrent manipuler sans émettre le moindre son ni effectuer le moindre mouvement. Leurs cheveux longs et frisés se répandirent de part et d'autre des litières. Le maire se pencha tour à tour vers l'une et l'autre, les rassurant, leur posant des questions, sans obtenir un mot, évidemment. Alors il fit signe de les emmener vers la voiture qui patientait devant la boutique et qu'il avait fait venir depuis la mairie pour ses amies.

« Quel mystère ! » se dit Alexandre.

Il stoppa net sa pensée car, précisément lorsque Edwige, la plus jeune des deux sœurs, passa à la hauteur d'Aglaé, et donc de la sienne, la vieille femme agrippa la manche de son employée et répéta à trois reprises :

— Spada, Spada, Spada.

Et ce fut tout. Elle desserra aussitôt son étreinte et le maire, qui avait accouru en assistant à cette scène de loin, ne put que constater qu'elle était redevenue de cire.

— Spada, répéta aussitôt Alexandre. Spada. Tu connais un Spada ?

Aglaé, qui ôtait ses larmes grâce à un mouchoir de soie, secoua la tête.

— Ce pourrait être un lieu, aussi, constata le jeune homme.

Il ne pouvait le confier à son amie, et surtout pas le dire à haute voix, mais il se trouvait très heureux à cet instant. Il n'éprouvait pas la moindre peine pour les sœurs Rigolot, qu'il ne tenait pas en haute estime, les considérant comme des bourgeoises de la ville, qui plus est exploitant la gentillesse de sa meilleure amie.

Alexandre était heureux car il lui semblait qu'un engrenage venait de se détraquer à Villers-Cotterêts. Avec ce qui venait d'arriver aux deux sœurs, il allait, lui, Alexandre Dumas, onze ans, mener sa petite enquête et obtenir des résultats, voire la solution tout entière.

Une pincée de mystère, une pointe d'aventure… Que demander de mieux après cette nuit romantique passée avec Aglaé, sous la même couverture, dans une carrière humide et glacée ?

Il guida son amie en dehors de l'établissement. La jeune fille recouvrait peu à peu ses esprits.

— Et si on allait partager cette découverte avec Boudoux ? proposa Alexandre une fois dehors.

Le maire, qui avait surpris le nom de Boudoux, s'emporta :

— Ah mais de quoi vous occupez-vous ! Et qu'allez-vous mêler ce bon à rien de Boudoux à tout cela ! Toi, mon fils, retourne donc aider ta mère au bureau de tabac, et toi, ma fille, va chez tes parents puisque la boutique restera fermée jusqu'à nouvel ordre. Je sais bien qu'ils habitent loin, veux-tu que je t'y conduise ?

Aglaé déclina et le maire eut un geste de dépit.

— Boudoux ! Ce fainéant, tout juste bon à venir quémander ses poulets !

La ville tout entière s'était arrêtée sur cette anecdote, lorsque Boudoux avait fait vingt-quatre bouchées de vingt-quatre poulets ! C'est qu'il fallait l'alimenter, cette force de la nature, ce corps qui ployait parfois, malheureusement, à cause d'une jambe plus faible que l'autre. Boudoux faisait peur à cause de sa tête. Il avait le visage couturé, sillonné, bardé de cicatrices, un œil comme presque tiré de son orbite, un nez qui s'aplatissait sur sa lèvre supérieure, d'où s'échappait continuellement son jus de chique favori. Et puis il y avait cette barbe rouge et grasse qui effrayait les jeunes enfants. À côté de cela, son air, pour ses amis, était celui de la pure gentillesse.

Alexandre et Aglaé prirent donc tous deux la direction de la hutte où habitait Boudoux, près de l'étang où il aimait pêcher, un peu en dehors de la ville. Mais, comme hier, il ne s'y trouvait pas. L'endroit était désert. Aucune trace de leur ami. Cela peina Alexandre, qui aurait bien aimé s'entretenir avec lui des évènements de ces dernières heures. Le colosse, malgré ses allures d'homme des cavernes, était d'une profonde intelligence, Alexandre le savait, Alexandre le sentait.

Mais cette absence n'arrêterait pas le jeune homme avide d'aventure, trop heureux de rompre avec son existence routinière.

— Prête à mener l'enquête avec moi ? demanda-t-il à sa compagne.

Aglaé approuva.

Car il n'y avait pas qu'un seul mystère en cette matinée de mars à Villers-Cotterêts. La disparition de Boudoux s'ajoutait à la transformation des sœurs Rigolot en mannequins de cire…

CHAPITRE 6

Si Alexandre classait la chasse parmi ses activités préférées, il avait pourtant décidé de partir à la pêche en ce début d'après-midi. À la pêche aux témoignages sur ce qui avait bien pu se produire dans le magasin de mode et autour pour mettre les sœurs Rigolot dans cet état.

Il était passé chez lui, toujours avec Aglaé, pour mettre la main sur un petit carnet de papier vélin qu'une de ses tantes lui avait rapporté de Paris pour son anniversaire et qu'il utilisait seulement pour les grandes occasions. Le papier était à ce propos encore vierge, les grandes occasions étant bien rares par ici. Il prit aussi sa plus petite plume et le seul encrier dont le bouchon tenait fermement et qu'il put glisser dans sa poche.

— En marche ! dit-il à Aglaé.

Marie-Louise, trop occupée à parler avec ses clients de ce que les Cosaques avaient commis – on n'en savait encore rien à vrai dire –, ne trouva rien à opposer à la sortie précipitée de son jeune fils.

Alexandre et Aglaé allèrent frapper aux portes des échoppes qui jouxtaient la boutique Rigolot, aux huis des pavillons, et montèrent également quelques étages des petits immeubles environnants. La vie reprenait timidement son cours à Villers-Cotterêts et l'incroyable état des deux sœurs modistes se partageait les conversations à part égale avec le passage des soldats ennemis.

— Je n'ai rien vu, rien entendu ! dit une vieille femme qui habitait le dernier étage de la grande maison en meulière faisant face au magasin de mode.

— Vraiment rien ?

— Rien ! confirma la dame en levant fièrement le menton. Et moi je suis restée ici, dans ma ville, je n'ai pas fui comme tous les autres, je les attendais de pied ferme, les Cosaques... Je suis restée devant ma fenêtre toute la soirée et une bonne partie de la nuit. J'y ai même soupé avec mon chat, quelques tranches de saucisson et un bol d'avoine bouillie, rien de folichon, nous sommes en temps de guerre, ne l'oubliez pas, jeunes gens...

— Et personne n'est entré, personne n'est sorti de la boutique ? demanda Aglaé.

— Non, je suis formelle, mes enfants. Personne. Lorsque tu es partie, toi, les sœurs Rigolot sont revenues une heure plus tard peut-être... Et elles sont reparties voilà deux heures de cela sur leurs brancards... Entre les deux, rien, je le jure sur la tête de mon défunt Jules, mort au champ d'honneur...

Alexandre ne nota rien sur son carnet, évidemment.

— Et le nom de Spada ? Ça ne vous dit rien ? demanda-t-il avant de quitter définitivement la vieille dame.

— Rien de rien, conclut-elle, et pourtant je peux me targuer d'avoir encore une sacrée mémoire pour mon âge.

Les deux enquêteurs prirent congé en la remerciant. Aussitôt, elle se mit à appeler son chat par différents sobriquets, visiblement incapable de se souvenir de son vrai nom.

Le deuxième témoignage leur fut délivré par un garçon de course qui travaillait pour le débitant en vins de Villers-Cotterêts. Gustave devait avoir quinze ans environ, l'âge d'Aglaé, et, à son air toujours dans les vapes, on était en droit de se demander s'il ne dormait pas au fond d'un des tonneaux dont il avait en charge la livraison.

— J'étais en route pour la carrière, haleta-t-il avec son accent picard très prononcé. Je passais dans la rue, devant le magasin, et là, je l'ai vue comme je vous vois, elle furetait dans la petite ruelle qui permet aux voitures de venir livrer la boutique... Une bête ! Une bête horrible, atroce, poilue, de la taille de deux chiens de chasse ! Elle grattait la terre en poussant des petits jappements...

Gustave mimait avec ses lourdes mains la bête en train de remuer la terre. Il déformait même sa bouche pour imiter le rictus de la créature.

— C'est elle qui a terrorisé les deux pauvres femmes ! Elle est entrée dans la boutique, elle a ouvert la porte en donnant de grands coups de griffe...

Alexandre l'arrêta doctement en brandissant sa plume.

— Non, Gustave, c'est impossible, il n'y a aucune trace d'effraction sur le chambranle de la porte de service de la boutique.

Le commis, qui ne comprit pas un mot sur deux dans la phrase qui venait de lui être dite, continua sur sa lancée.

— Elle avait des griffes de la taille de mes mains, précisa-t-il, noires comme l'enfer, et des yeux énormes, pleins de filaments, globuleux, et rouges… rouges comme… rouges comme…

— Aussi rouges que son vin, murmura Aglaé à l'oreille de son compagnon.

Ils gloussèrent tous deux, ce qui mécontenta leur interlocuteur. Au lieu d'écrire ce témoignage, Alexandre s'était amusé à tenter de dessiner la bête sur son carnet et était parvenu à la rendre plus terrifiante encore qu'elle n'apparaissait dans le récit de Gustave.

Ils prirent congé et s'en allèrent recueillir le troisième témoignage, celui qui leur sembla le plus digne de confiance. Il émanait de M. Artz, un médecin à la retraite qui venait se fournir en tabac pour sa pipe chez Marie-Louise Dumas. Il n'avait pas voulu fuir dans la carrière. Lui se montrait formel : les deux sœurs Rigolot avaient reçu de la visite ce soir-là.

— Une diligence s'est arrêtée devant la boutique tard, très tard dans la nuit. Il devait être une heure du matin, peut-être même plus. Les cahots de ses roues épaisses m'ont fait me lever et je l'ai vue très distinctement à travers la vitre de mon salon. C'était une voiture luxueuse, d'une taille impressionnante. Lorsque les sœurs ont éclairé le magasin pour recevoir leur hôte, j'ai pu voir que sur ses portes étaient dessinés des filaments d'or… Je n'ai vu personne en descendre, je suis arrivé trop tard… Mais la présence de cette diligence que l'on s'attend plutôt à voir près des palais de Paris que dans les rues de notre bonne vieille ville m'a fait rester à la fenêtre. J'ai attendu que les sœurs sortent du magasin pour raccompagner leur visiteur nocturne. Et là, je n'ai pas été déçu…

Alexandre et Aglaé lui enjoignirent de poursuivre.

— Ce que je vais vous dire là, je ne le confierai jamais à un gendarme, j'aurais trop peur de passer pour un demeuré. Mais je peux bien vous le dire à vous, les enfants, car je sais que vous ne me jugerez pas… Je n'ai pas vu le visage du visiteur car il n'en avait pas… Pas de visage, pas de corps, rien… Les sœurs Rigolot ont fait comme si elles raccompagnaient un fantôme vers sa voiture. Je les ai vues sortir, faire passer avec force politesses leur hôte devant elles, le postillon est venu ouvrir la porte de la voiture pour son maître mais personne n'est entré, je peux vous le garantir… Et puis les deux sœurs ont salué une dernière fois, en se courbant presque. La voiture est partie au galop et elles sont retournées dans leur intérieur…

Alexandre, cette fois, avait tout noté. Il posa de nouveau sa question sur le dernier mot prononcé par Edwige.

— Spada, Spada…

Artz semblait réfléchir avec intensité.

— Attendez… Spada, oui ! Je crois bien que j'ai vu ce nom inscrit au-dessus des filaments d'or, en lettres d'or, oui, sur la porte droite de la voiture ! Spada !

Il épela :

— S.P.A.D.A., oui, c'est bien cela, Spada !

Ils remercièrent vivement le médecin. Enfin un témoignage qui ouvrait des perspectives. Une diligence et un fantôme ! De quoi faire marcher leurs méninges et leur imagination, et commencer leur enquête sur quelques bases consistantes.

Alexandre et Aglaé rentrèrent au bureau de tabac main dans la main, joyeux et bien décidés à continuer à dérouler le fil du mystère.

— Ou plutôt des mystères, précisa Alexandre. Car il s'agit aussi de retrouver Boudoux !

— Peut-être est-il parti chasser un peu plus loin que d'ordinaire ? lâcha Aglaé.

Son jeune ami secoua la tête.

— Ce n'est pas le genre du bonhomme. Il se contente de ses marettes et de ses pipées. Faire rôtir quelques oiseaux qui ont la mauvaise idée de se percher dans ses arbres ou de venir boire dans son étang suffit amplement à son bonheur.

Mais la joie d'Alexandre se ternit lorsqu'il rentra chez lui et trouva sa mère accoudée à son comptoir, le regard noir.

— Je t'interdis de te mêler des affaires des autres ! commença-t-elle. Et puisque tu sembles passer tout ton temps avec Aglaé, sache que je ne compte pas la prendre en pension chez nous. Je n'ai pas de quoi nourrir une bouche de plus, tu peux me croire.

Heureusement, la jeune fille était restée dehors.

Alexandre serra les poings si fort qu'il en brisa sa plume.

CHAPITRE 7

— Je t'interdis, m'entends-tu, d'aller déranger des gens sous prétexte de vouloir faire la lumière sur la tragédie des sœurs Rigolot, continua Marie-Louise. On est venu me rapporter que tu jouais les gendarmes, ton carnet à la main. Quelle fantaisie ! Est-ce Aglaé qui t'a ainsi fait tourner la tête ?

Alexandre contenait la colère qui montait en lui.

— Tu vas rester ici, entre ces quatre murs. Tant que le collège n'aura pas ouvert à nouveau, tu m'aideras au magasin. Sais-tu que les Cosaques ont assassiné M. Ducoudray, le marchand de bas ? Pauvre homme ! Je me demande si nous ne devrions pas fuir pour quelques semaines et gagner Paris… Mais, en attendant, tu resteras ici jusqu'à nouvel ordre… Que tu le veuilles ou non, j'ai encore quelques pouvoirs sur toi. Je ne veux plus que tu sois une source de gêne pour la bonne société de notre ville, et tu te dois de respecter mon autorité comme tu aurais respecté sans coup férir celle de ton père…

À l'énoncé de la figure paternelle, le jeune Dumas s'avança d'un pas et releva la tête.

— Mon père, comme vous dites, mère, n'aurait jamais accepté le sort que cette société que vous chérissez tant vous a réservé depuis sa mort. Il s'est battu jusqu'au bout de sa vie pour obtenir sa réhabilitation auprès de l'empereur et les cinq cent mille francs que l'Empire lui doit. À présent, nous ne les toucherons plus et vous êtes obligée de vous salir les mains du matin au soir avec les feuilles de tabac pour rapporter de quoi faire bouillir quelques légumes et rôtir quelques morceaux de viande le dimanche.

Alexandre vit les premières larmes se former dans les yeux de sa mère. Il s'approcha et la prit dans ses bras. Il était déjà plus grand qu'elle, à onze ans.

— Ah ! Alexandre ! dit-elle.

— Je n'ai pas grande foi dans la société que vous évoquez et chérissez... Je ne veux en rien vous peiner, mère, mais permettez-moi d'y vivre sans avoir à m'y agenouiller à chaque coin de rue, à chacune de mes rencontres. Je veux rester debout. Et le jour où je m'y coucherai, ce sera pour y mourir, comme le fit mon père. Mère, je suis décidé à continuer cette enquête. Et, d'ailleurs, je m'en vais de ce pas voir si mon ami Boudoux est rentré...

— Ton ami ! s'étrangla Marie-Louise. Cet homme de malheur qui jouit de vivre en marge de la société !

Alexandre embrassa sa mère sur le front. Point n'était besoin de lui expliquer que lui aussi avait la ferme intention de vivre en marge, lorsqu'il en aurait l'âge et, surtout, le talent. Il en avait déjà l'ambition. Il serait riche et célèbre – mais il vivrait dans la marginalité, parce qu'il voulait l'être en toute liberté, sans aliénation d'aucune sorte, grâce à sa seule plume, sans rien devoir à personne, sans se soucier du regard des autres, de ce qu'on dirait de lui parce qu'il oserait aimer une femme plus âgée, parce qu'il publierait des récits de milliers de pages. On pourrait bien continuer à l'appeler le nègre, à l'insulter, il irait droit à son but sans s'inquiéter de rien d'autre que de son œuvre. Là, oui, à onze ans, grossissait dans son esprit le désir de redorer son nom, par la plume si ce n'était par l'épée.

— Oui, Boudoux, mon ami, répondit-il enfin. Je n'en ai qu'un. Car mon autre amie, en réalité, porte un « e » à la fin du mot. À tout à l'heure, mère, je serai de retour pour le souper.

Sur ces mots, Alexandre claqua la porte et retrouva Aglaé qui s'était assise sur le pas d'une porte cochère. Elle se tenait le visage à deux mains, mais Alexandre la releva et la prit par le bras.

— Viens, mon amie, tu te lamenteras le jour où nous ferons chou blanc à propos de l'enquête sur les sœurs Rigolot. En attendant, allons chercher Boudoux, il nous sera de bon conseil !

L'enthousiasme du jeune garçon se révéla contagieux. Aglaé sécha vite ses larmes, et ils partirent en courant vers l'étang où habitait l'ermite de Villers-Cotterêts.

CHAPITRE 8

On disait communément à la ville que Boudoux habitait près d'un étang. La vérité était que l'étang tenait plus de la mare. Celle où Boudoux avait choisi d'élire domicile se situait en dehors de la cité, à un quart de lieue en avant sur la route d'Haramont. Il y avait construit plusieurs petites huttes assez résistantes, avec de solides branchages pour les parois et de la mousse et des brindilles pour renforcer le toit. Cela lui servait d'abri lorsqu'il chassait. Les jours de forte pluie, une de ses tantes, Mlle Chapuis, la directrice du bureau de poste, lui laissait une chambre dans sa demeure. Or, là, il ne pleuvait pas. Et, avant de retourner à la mare, Alexandre et Aglaé avaient pris la précaution d'aller voir Mlle Chapuis, qui, en guise de réponse à la question de savoir si Boudoux résidait chez elle, montra le ciel de son long doigt recouvert de duvet.

Alexandre avait trouvé refuge dans une de ses huttes, en compagnie de l'ermite, lorsque sa mère s'était mis dans l'idée d'en faire un curé. Il y était resté deux nuits et avait vécu là trois des plus belles journées de sa vie. Il ne s'y était jamais senti aussi libre. Car Boudoux n'était pas seulement libre de ses mouvements, en vagabond qu'il se targuait d'être… Il était aussi, et surtout, libre d'esprit. Les curés, très peu pour lui. L'Empire ? Ah, c'est autre chose, mais tout de même, avoir refusé de payer la pension du général Dumas, ça c'était une erreur ignoble.

— Boudoux ?

Alexandre cria son nom dès qu'il aperçut la première hutte. Il ne reçut aucune réponse. Il avança dans ce lieu qu'il connaissait bien, et perça son chemin à travers les arbres denses pour parvenir à cette mare, à cette flaque même. Autour de lui, la terre était molle et détrempée. Ses bottines allaient être dans un bel état. Aglaé prit soin de soulever sa robe pour ne pas trop la salir. Ils passèrent de hutte en hutte, en visitèrent trois puis jetèrent un bref coup d'œil à la quatrième, que Boudoux était en train de terminer, installée loin de la mare mais près d'un gros chêne où habitait un hibou, oiseau particulièrement important puisqu'il attirait les autres. Boudoux n'avait plus qu'à enduire les branches avoisinantes de glu pour emprisonner sa pitance apéritive.

— Curieux, tout de même, fit Alexandre, adossé à un autre chêne, la main posée sous le menton. Il n'a pas pu partir comme cela. Il m'aurait prévenu… Moi ! Son ami ! Et puis, pour aller où ? Je te le demande…

Aglaé haussa les épaules. Elle n'était pas, elle, aussi attirée qu'Alexandre par le curieux personnage. Elle l'aimait bien, oui, mais, contrairement au jeune garçon, elle ne ressentait pas le besoin d'avoir un père de substitution, bien que le sien vive loin d'elle. La jeune fille entreprit de sortir de la clairière et traversa les arbres à nouveau en direction des champs de M. Morrel. C'était un cultivateur de la région qui avait le cœur bon et qui laissait les miséreux, comme Boudoux, se servir de son puits qui se trouvait là pour y quérir de l'eau potable et de quoi se laver parfois même.

Ce puits, Alexandre l'avait d'ailleurs décrit dans plusieurs de ses récits, à commencer par le dernier, « Le rubis du seigneur Cavalcanti ». L'écrivain novice partait du principe que l'on n'était jamais certain de ce qu'il était possible de trouver au fond d'un puits. À moins d'y descendre, bien évidemment.

Puisque Aglaé ne comptait pas revenir vers la mare, Alexandre quitta le lieu à reculons, fâché de ne pas avoir trouvé la trace de son ami, une fois encore. Il commençait à sentir une certaine inquiétude poindre en lui.

— Tu avais remarqué ? dit Aglaé en désignant l'étroit conduit du puits.

Elle se tenait penchée vers le vide, les jambes presque d'équerre avec le muret.

— Mais il n'y a plus d'eau ! s'exclama Alexandre en s'approchant.

— Tout du moins aussi loin que nous puissions le voir…

Alexandre déroula aussitôt la corde retenant le seau pour découvrir jusqu'où pouvait bien aller cette sécheresse inédite. L'ustensile en bois, à moitié défoncé, descendit centimètre après centimètre, dans le crissement d'acier de la manivelle. Ce bruit hérissa Aglaé au plus haut point.

— Le seau a atteint le fond ! dit Alexandre, qui sentait du mou sur la corde. Et pas une goutte d'eau !

Ce fut Aglaé qui découvrit la présence de l'élément précis qui allait transformer leur enquête bonhomme en aventure digne des plus grands romans.

— On ne les voyait pas lorsqu'il y avait de l'eau, mais tu as vu, Alexandre... Il y a des barreaux tout le long de la paroi...

— Vraiment ?

Alexandre se pencha à son tour. Avec sa grande taille, il eut le loisir de garder les pieds bien sur terre.

— Mais c'est que tu as raison, mon Aglaé ! Des barreaux ! Le puits vide ! Si ce n'est pas un appel à y descendre...

La jeune fille saisit la manche de son paletot.

— Es-tu certain que cela soit bien prudent ?

— Que risquons-nous, au fond ? L'eau ne peut revenir vite, c'est scientifique, les nappes phréatiques rentrent dans les calculs. Tu sais que je m'étais renseigné à la bibliothèque du collège pour un de mes récits...

— Je vais t'attendre là, dit Aglaé, saisie d'un frisson qu'elle ne s'expliquait pas.

— Je t'ai connue plus téméraire.

— Je me suis connue dans de meilleures circonstances de vie.

Là, Aglaé marquait un point. Mais le jeune garçon insista. Et elle finit par se laisser convaincre.

— Je passe le premier et je te promets de ne jamais relever la tête...

— Ah non ! se récria son amie. Je passe la première, et tu me suis, malandrin !

Ils se hissèrent tous deux sur la margelle du puits, debout.

— Boudoux, si tu es descendu par ces barreaux, nous venons te rejoindre, tonna Alexandre, d'un geste solennel de la main.

En écho, un coup de tonnerre se fit entendre dans le lointain, au nord. Ici, une fine bruine se mit à tomber. Le temps en Picardie était aussi changeant que l'humeur de Pyrame entre les repas.

Aglaé prit appui sur le premier barreau, s'assurant à plusieurs reprises de sa solidité avant de commencer sa descente.

Alexandre la suivait de près. Il ne laissait aucun barreau de libre entre les doux doigts de son aventurière et ses bottines trempées. La descente n'allait pas assez vite à son goût, mais il retint ses reproches.

Lorsqu'ils eurent tous deux les pieds à terre, dans un mélange de boue et de cailloux, ils distinguèrent un conduit de la taille d'un enfant, qui partait dans la direction opposée à celle de la mare, vers Villers-Cotterêts. Ils s'y engagèrent sans même se concerter. Aglaé la première, impossible de l'arrêter. Deux lampes chargées en huile étaient accrochées au mur. Tout avait été prévu, jusqu'aux allumettes contenues dans un petit pochon en peau de lapin. Alexandre l'attrapa et gratta une des allumettes, qui prit aussitôt pour créer la lueur bénie.

Et là, les deux explorateurs furent saisis par leur première grosse surprise.

Une multitude de boyaux partaient en tous sens sous la terre. Ils se trouvaient ni plus ni moins face à un véritable réseau de souterrains !

CHAPITRE 9

Plus ils avançaient dans les souterrains, plus les possibilités leur semblaient immenses. Un véritable labyrinthe ! Alexandre et Aglaé allaient peut-être se perdre, mais, au fond, quel bonheur d'avoir trouvé cet improbable lieu sous la terre de leur région qu'ils croyaient si morne !

Et puis, non, ils n'allaient jamais se perdre, parce que Aglaé, qui en toutes circonstances aimait à garder le sens pratique, avait ramassé un gros morceau de calcaire à peu près sec dans une des galeries et s'en servait pour dessiner des flèches rudimentaires à chaque intersection, inscriptions qui leur permettraient de rebrousser chemin si les souterrains n'aboutissaient nulle part. Ce qui était peu probable en réalité.

Ils marchèrent ainsi une dizaine de minutes, en s'essuyant parfois le front et les joues de l'eau terreuse dégoulinant du plafond. Mais rien ne pouvait empêcher leur progression.

— L'empire souterrain de Boudoux ! murmurait Alexandre. Je suis certain que c'est lui qui a mis au point tout ça, qui a creusé…

— Mais pour quelle raison ? demanda Aglaé.

— Cela, c'est à nous de le découvrir…

Ils débouchèrent alors, au détour d'un couloir encore plus étroit que les autres, devant une première porte de bois, très lourde, entrouverte.

À cet endroit du complexe souterrain, le sol en terre battue était parfaitement sec. Ce fut Alexandre qui poussa la porte sans hésitation. Allaient-ils enfin retrouver leur ami ?

Mais la pièce, de grande taille, qui semblait taillée à même la roche, était vide. L'aventurier haussa les épaules et prit Aglaé par le bras.

— Nous trouverons d'autres pièces, ma belle, je le sais, je le sens ! dit-il en tapotant le bout de son petit nez.

Quelques pas plus loin, ils en découvrirent une autre et celle-ci n'était pas vide. Des vêtements en tous genres jonchaient le sol, des habits de cocher, des robes de femme en toile, d'autres brodées, des habits communs, des uniformes militaires, même, tout un arsenal vestimentaire…

— Cela ne ressemble pas à Boudoux, dit Aglaé.

Alexandre avait aperçu une nouvelle pièce un peu plus loin. Il s'y rendit, poussa la porte. Là, il découvrit un bureau en bois et une chaise. Sur le bureau, des papiers épars, des factures, des articles de journaux découpés, des cartes de Picardie et d'autres régions de France… Alexandre s'y attarda quelques instants pour les mémoriser. Mais il ne resta guère car Aglaé, qui continuait l'exploration, l'appela. Il se précipita.

La jeune fille, à la robe définitivement crottée, se tenait devant une lourde porte, bien fermée et renforcée à l'aide de fer forgé.

— Serait-ce la bonne pièce ? demanda Alexandre.

Il trifouilla la serrure. Cela n'allait pas être facile. Son cœur s'était emballé parce qu'il se trouvait là au comble de l'aventure. Il demanda à Aglaé son épingle à cheveux pour la glisser dans le verrou. Sa compagne d'aventure accepta, mais le bijou, hélas, se cassa aussitôt introduit.

— Si la manière douce ne marche pas, il restera toujours la manière forte, dit doctement Alexandre.

Il rebroussa un peu chemin dans le souterrain pour aller chercher deux grosses pierres de meulière qu'il avait repérées un peu plus tôt. Il s'acharna alors sur la serrure, et tant pis si Boudoux le lui reprochait par la suite, Boudoux ou un autre d'ailleurs, c'était plus fort que lui, il devait savoir, il allait savoir.

Au bout d'une vingtaine de coups, plus violents les uns que les autres, la serrure se détacha de la porte. Alexandre était en sueur et la paume de sa main droite saignait. Aglaé voulut regarder, mais il n'accepta pas.

— Laisse ! dit-il. Il y a toujours un prix à payer pour l'aventure !

Il poussa la porte de sa main ensanglantée.

Et là, il découvrit ce à quoi il ne s'attendait absolument pas... Un trésor ! Ou tout du moins une partie d'un trésor, car ils n'avaient pas encore exploré toutes les pièces. La plupart des étagères étaient à moitié vides, la majorité des coffres de bois éventrés et vidés. Mais, sous l'éclat de plus en plus faible de la lampe à huile, des pièces de monnaie de différents pays brillaient devant leurs yeux, des pierres précieuses même, saphirs, émeraudes, rubis, il ne manquait guère que les diamants pour un parfait inventaire de joaillier !

Alexandre respirait difficilement.

Boudoux, un millionnaire ? Lui, l'ermite vivant en marge de la société, détenteur d'un trésor ! Cela ne pouvait pas être si simple, évidemment.

Alexandre fit tourner entre ses mains un rubis, au comble de l'étonnement puisque la pierre précieuse avait la même découpe que celle qu'il avait fait dérober par son héros au vilain comte Cavalcanti dans ses écrits de la veille !

Cette pièce contenait une véritable fortune, Alexandre aperçut même des billets de banque rangés soigneusement dans un meuble bas, ainsi que des centaines de pièces d'argenterie et de vaisselle en or.

Ce fut une fois encore Aglaé qui le sortit de son ahurissement.

— Alexandre, par ici, viens voir.

La jeune fille était agenouillée devant un coffre qui contenait encore plusieurs milliers de pièces en argent. Il vint, s'agenouilla à son tour pour voir le doigt de sa compagne désigner une inscription gravée sur le devant du coffre mais qui avait été sciemment frottée, limée pour la faire disparaître. Alexandre approcha la lampe. Et les adolescents parvinrent alors à la lire en jouant avec la position de la lumière.

Ils n'en crurent pas leurs yeux.

CHAPITRE 10

SPADA

Voilà le mot que formaient les cinq lettres reconstituées.

Celui prononcé par Edwige Rigolot avant qu'elle ne retombe dans son mutisme. Celui peut-être présent sur la diligence fantôme.

Mais là, il ne s'agissait pas du témoignage d'autrui, c'était le résultat de leur exploration.

SPADA, là, dans cet incroyable souterrain, dans cette inimaginable salle au trésor trouvée au fond d'un puits ! Ce qui était arrivé aux sœurs Rigolot, la disparition de Boudoux, la découverte de ce complexe souterrain… Tout serait lié, alors !

Mais de quelle sublime aventure venaient-ils de tourner la première page ?

Alexandre se releva, pris d'un vertige. Il lui semblait que sa tête était faite de coton, et cela n'avait rien à voir avec les vapeurs de plus en plus prégnantes de l'huile brûlée par sa lampe…

— Je savais, dit-il, je savais que Boudoux ne pouvait pas être simplement ce géant des marais… Sinon, je ne m'en serais jamais fait un ami…

Aglaé, heureuse elle aussi, tempéra néanmoins son enthousiasme.

— Ne va pas trop vite en besogne… Nous ne sommes certains d'aucune façon que Boudoux soit au courant pour ce souterrain… Alors n'en déduis rien de trop hâtif sur le propriétaire de ce trésor…

Alexandre balaya cette remarque d'un geste de la main.

— Oui, oui, mais moi je le sais, je le sens.

Il aimait cette expression. Il se fiait fortement à son instinct, en toutes circonstances.

— Il s'agit à présent de garder toutes ces découvertes pour nous, annonça-t-il. J'espère que tu en conviens ! Interdiction totale d'en parler ! Aucun adulte, surtout pas un gendarme, ne doit être au courant. Conservons le secret, nous serons bien plus capables qu'eux de trouver la raison de tout ceci.

Aglaé approuva d'un sourire.

— Nous allons fonder là, ici et maintenant, dans cet endroit improbable, notre société secrète !

La jeune fille fronça les sourcils pour toute réponse.

— Nous serons deux pour le moment. Toi et moi. Laissons-nous la possibilité à l'avenir d'intégrer un ou deux autres jeunes téméraires tels que nous, si nous les trouvons, tant qu'ils ne viennent pas du collège de l'abbé Grégoire. Car ceux-là ne valent pas tripette !

— Mais en quoi consistera notre société ?

— Elle aura pour but de faire la vérité sur tous les mystères que nous rencontrerons dans notre vie. Elle nous

engage à ne jamais nous trahir l'un l'autre. Si nous jurons ici que l'existence du souterrain ne sera divulguée à personne, il faudra tenir parole sous peine de trahir notre société tout entière.

Il s'approcha d'Aglaé, posa la lampe sur le coffre Spada et prit la jeune fille par les épaules.

— Écoute, je suis en train de lire un récit passionnant. Les *Mémoires de Monsieur d'Artagnan*. C'était un mousquetaire du roi Louis XIV. Très téméraire et ingénieux. Absolument ce que nous sommes. Et si nous baptisions notre société secrète… les Deux Mousquetaires ?

— C'est une belle idée ! applaudit Aglaé.

— Bien, bien, fit Alexandre, qui parut alors soucieux. Il faut maintenant trouver une manière de nous unir… De prêter serment, si tu préfères…

Il lui tourna le dos, fit quelques pas, la tête baissée. Hésitant, cherchant. Puis il revint vers elle.

— Et si nous nous embrassions ? dit-il avec un grand sourire qui se rétrécit aussitôt devant la moue de sa compagne.

— Non, non, dit-elle, il faut trouver une action qui nous engage plus encore…

Alexandre partit se mettre dans l'ombre pour digérer cette belle occasion manquée.

Ce fut Aglaé qui vint le trouver.

— Présente-moi ton poignet, ordonna-t-elle.

Il le fit, quelque peu suspicieux.

Alors la jeune fille donna un petit coup sec sur la grosse veine centrale avec sa pierre de calcaire qui s'était effilée à l'usage. Alexandre eut un petit cri de souris, très craintif, et deux petites gouttes de sang perlèrent immédiatement.

Elle fit de même sur son poignet, sans émettre le moindre son. Puis elle posa son poignet sur celui, toujours retourné, d'Alexandre.

— Nous voilà unis dans la société secrète des Deux Mousquetaires ! déclara-t-elle.

Ils sortirent tous deux de la pièce au trésor dans un état quasi second. Ils se savaient investis à présent plus encore qu'auparavant d'une mission, et engagés dans une relation qui allait bien au-delà d'une simple amitié.

Ils discutèrent alors de la meilleure tactique : revenir sur leurs pas grâce aux flèches d'Aglaé ou bien continuer leur exploration afin de savoir si le complexe débouchait sur une seconde issue.

Ils devaient se décider vite, car dans cinq minutes tout au plus la lampe serait à court de combustible.

Aglaé était pour rebrousser chemin, de peur de se retrouver dans l'obscurité. Mais Alexandre, lui, voulait continuer, arguant qu'ils se trouvaient non loin de la ville à présent et que le souterrain allait déboucher dans la crypte de l'église de Villers-Cotterêts. Il assura que cinq minutes suffiraient pour s'y rendre.

Puisque dans les statuts de la société secrète des Deux Mousquetaires ne figurait aucun paragraphe désignant un quelconque chef, ils décidèrent de tirer à pile ou face grâce à une pièce en argent prélevée dans le trésor du coffre Spada.

Pile, ils continuaient.

Face, ils retournaient vers le puits.

Ce fut Aglaé qui lança la pièce. Et elle retomba dans sa main sur la figure d'un quelconque roi d'Europe. Pile. Ils continuaient.

La lumière faiblissait un peu, alors ils hâtèrent le pas. Il y avait à présent moins de chemins possibles, ils suivirent donc un large boyau qui déboucha sur les premières marches d'un escalier de brique.

— J'avais raison ! s'enthousiasma Alexandre. À nous la crypte de l'église !

Il était temps, car la lueur ne leur permettait pas de distinguer plus d'une marche devant eux.

Ils montèrent donc prudemment l'escalier, se tenant par la main.

Et, en découvrant l'endroit où ils débouchèrent après avoir poussé une porte horriblement grinçante, ils comprirent que les limites de leur ébahissement venaient une fois de plus d'être repoussées.

CHAPITRE 11

Aglaé ne put retenir un cri de stupéfaction. Elle connaissait cet endroit pour y descendre plusieurs fois par jour.

La cave du magasin de mode ! La remise souterraine des sœurs Rigolot !

Le souterrain au trésor débouchait donc dans la propriété de ses deux employeuses. Le lien était indéniable. Le « Spada » murmuré par la victime au moment de quitter les lieux… L'inscription « Spada » sur le coffre, en bas !

Restait à donner une signification, une existence à ce Spada… Un nom de personne, une ville ? Et cette diligence décrite par le docteur Artz ? Une vraie ou une fausse information ?

Et puis, évidemment, à justifier l'absence, le départ précipité de Boudoux. Était-ce lui l'architecte de ce complexe souterrain bien mystérieux ? Avait-il lui aussi un lien avec Spada ? Connaissait-il la signification de ce mot ?

Alexandre et Aglaé reprirent leurs esprits dans la boutique, assis au pied du comptoir, cachés des regards indiscrets que les riverains jetaient encore par la vitrine.

— Crois-tu que tes employeuses étaient au courant pour cet accès caché au souterrain ?

Aglaé secoua la tête.

— Elles ne l'ont jamais mentionné, en tous les cas…

Le jeune garçon massait son poignet, qui ne saignait plus.

— Je crois de moins en moins à l'idée de cette diligence fantôme, dit-il. Je pense plutôt que quelqu'un est venu voir les sœurs Rigolot par ce souterrain. Quelqu'un qu'elles ne s'attendaient absolument pas à rencontrer, surtout à la nuit tombée et claquemurées dans leur magasin…

— Spada ? demanda Aglaé. L'homme au trésor ? Le maître des souterrains ?

— Nous l'ignorons encore, mais il me semblerait qu'un entretien avec tes employeuses permettrait d'en apprendre un peu plus. Elles retrouveront bien la parole sous peu, non ? Pour deux pipelettes comme elles…

La suite de leur enquête passerait forcément par une visite à Paris, à l'Hôtel-Dieu plus précisément, où les deux sœurs avaient été conduites.

— Tu fais presque partie de leur famille, argua Alexandre. Quand on y pense, c'est bien ton charmant minois qui leur tenait compagnie dans la vie… Elles ne voyaient guère que toi dans la journée.

Aglaé approuva. Mais comment faire pour se rendre à Paris ? Surtout avec les troupes de Cosaques qui avaient comme envahi la région ?

— Pour cela, laisse-moi faire ! rétorqua Alexandre, très sûr de lui.

Ils se séparèrent alors, et Aglaé se résolut à rentrer chez ses parents qui habitaient un village à plusieurs lieues de

Villers-Cotterêts. Le jeune garçon lui promit de venir la chercher vite, pour l'emmener à Paris dans ses bagages.

Arrivé chez lui, il se jeta dans les bras de sa mère, le visage ravagé. Il ne lui dit rien de sa découverte, évidemment, mais lui confia avoir été secoué, très secoué même, par la venue des Cosaques et par ce qui était arrivé à ce pauvre marchand de drap.

— Votre idée de quitter notre bonne vieille ville un temps est certainement la meilleure, mère, déclara-t-il. À Paris, nous serons plus en sécurité avec toutes les forces de l'ordre qui y patrouillent jour et nuit.

Marie-Louise approuva. Elle allait se mettre en quête d'une solution dès le lendemain.

— Et nous pourrions emmener Aglaé, qui aurait ainsi la possibilité de s'enquérir de l'état de santé des sœurs Rigolot. Vous savez à quel point elle est attachée à ses employeuses…

Cette fois, elle n'y trouva rien à redire. Là-bas, elle aurait Alexandre à l'œil, pas comme ici. Alors ils pouvaient bien emmener la petite Aglaé avec eux. Après tout, la jeune fille était attachante.

Marie-Louise serra fort son fils dans ses bras avant de retourner au comptoir, où un client l'attendait. Le docteur Artz, justement, venu chercher du tabac à pipe !

— Alors, jeune homme, lança-t-il. Du nouveau concernant Spada ?

— Pas du tout, répondit Alexandre.

Puis il se baissa pour embrasser la truffe humide de Pyrame, lui adressant même un clin d'œil complice.

L'aventure continuerait à Paris. Comme dans un rêve… ou un roman !

CHAPITRE 12

Il fallut à Alexandre et Aglaé attendre encore quelques jours avant d'arriver à la capitale. Marie-Louise s'était alliée avec Mlle Adélaïde, une vieille demoiselle bossue à la tête de quelque mille livres de rente, qui avait affrété une voiture pour se réfugier elle aussi à Paris. Mme Dumas était parvenue à réunir trente louis en guise d'économies qu'Alexandre et elle avaient enterrés l'été dernier dans le jardin. Ce fut son fils qui alla déterrer l'étui qu'une taupe avait rongé, probablement attirée par l'odeur du cuir. Fort heureusement, aucun louis ne manquait à l'appel.

— Nous n'irons pas bien loin avec cette somme, précisa Marie-Louise, il nous sera même impossible de loger dans la ville mais nous ferons face aux dépenses courantes.

Ils réunirent quelques hardes, confièrent Pyrame à une voisine qui adorait la bête, puis prirent place à bord de la voiture, qui avait plutôt l'air d'une charrette. Mlle Adélaïde ne comprit rien au détour annoncé vers la ferme des parents d'Aglaé pour aller chercher la jeune fille mais elle ne s'en plaignit pas non plus, car elle se mit à ronfler à peine les limites de Villers-Cotterêts dépassées.

Le cocher Crétet, un gars de Villers qu'Alexandre connaissait bien, les conduisit à Nanteuil au bout du premier jour. Ils s'arrêtèrent dans une auberge où le général Dumas, le père d'Alexandre, avait ses habitudes lorsqu'il regagnait la capitale. Puis ils passèrent à Dammartin, sans s'arrêter longuement, juste pour reposer le cheval qui n'en pouvait plus. On les informa au relais qu'on se battait peut-être également à Paris et, dès lors, le but du voyage n'apparut plus aussi clairement à Mme Dumas. Alexandre et Aglaé, au contraire, n'avaient rien perdu de leur envie.

Du reste, sur la route de Dammartin à Villeneuve-Saint-Georges, ils entendirent plusieurs coups de canon de manière fort distincte. Mlle Adélaïde, toute tremblante, demanda d'ailleurs au cocher de hâter la course du cheval.

Puis, le soir suivant, à la tombée de la nuit, ils arrivèrent enfin au Mesnil, à moins de deux lieues de Paris, où Mme Dumas connaissait un hôtel assez agréable pour son prix. Mlle Adélaïde, qui voulait au début de son voyage dormir à Paris, se ravisa suite aux nouvelles entendues sur la route et décida de ne pas quitter le petit groupe.

Se sentaient-ils plus en sécurité ici qu'en Picardie ? Personne ne put le dire à l'instant de l'arrivée. Tous les voyageurs étaient épuisés et allèrent se coucher. Alexandre dans une soupente, sa mère et Aglaé partageant une grande chambre spacieuse au rez-de-chaussée de l'auberge.

Le lendemain, il fut décidé de pousser jusqu'au cœur de la capitale.

Il s'agissait pour Alexandre de sa deuxième visite à Paris, et pour Aglaé, de la première. Le jeune garçon retrouva avec plaisir la grande ville qui bruissait de monde, de cris, de mouvements. Il pouvait ressentir la vie et l'aventure à tous les coins de rue. Aglaé fut tout émerveillée, elle, par la beauté des monuments, leur alignement et la largeur des artères parisiennes. Elle se ravissait des couleurs qu'elle apercevait sur les devantures et dans les vitrines des nombreuses échoppes de la capitale. Seule l'odeur lui parut être un point négatif en comparaison de sa bonne vieille région de Picardie.

Les deux adolescents assistèrent à la revue de la Garde nationale, dans la cour des Tuileries. Ce fut pour Alexandre un moment de poésie et de lumière que de voir ces cinquante mille têtes de gardes dans le bruit des fanfares de cuivre et au milieu des drapeaux saluant. Aglaé n'éprouva pas la même émotion, sauf peut-être à l'instant où on éleva à un balcon du palais la tête rose, blonde et frisée d'un enfant de trois ans.

— Vive le roi de Rome ! Vive la régence !

C'était l'enfant de Napoléon Bonaparte, acclamé par toute la foule.

Mais, après ces moments de fête et de célébration, il ne s'agissait pas pour Alexandre et Aglaé d'oublier le but premier de leur visite : aller voir les sœurs Rigolot à l'Hôtel-Dieu. Marie-Louise Dumas souhaita rentrer au Mesnil après la cérémonie. Elle devait bien admettre que ces quelques heures passées à Paris ravivaient en elle des souvenirs tristes de moments vécus dans cette ville avec son défunt mari.

Dès lors, les deux adolescents se retrouvèrent en compagnie de Mlle Adélaïde et du cocher, et n'eurent aucun mal à leur fausser compagnie pour se rendre à l'hôpital tandis que les deux adultes s'accordaient un café glacé à la terrasse d'un estaminet qui s'ouvrait sur la majestueuse architecture de Notre-Dame de Paris.

Ce fut Alexandre qui engagea la conversation avec le garde, se trouvant à l'entrée de l'Hôtel-Dieu pour demander la chambre des sœurs Rigolot.

Dans un premier temps, le garde ne répondit pas. Puis, devant l'insistance de cet outrecuidant gamin, il l'envoya au bureau des renseignements, au premier étage.

Dix minutes plus tard, dans cet établissement ouvert aux quatre vents, Aglaé frappait à la porte de la chambre des sœurs Rigolot. Les rentes des deux femmes leur avaient permis d'obtenir un espace où elles se trouvaient seules, non mélangées à la plèbe du grand hôpital.

Devant l'absence de réponse, Alexandre se décida à pousser la porte. Ils trouvèrent les deux sœurs allongées sur leur lit respectif. La pièce était sombre, n'était percée d'aucune fenêtre, et il y régnait une odeur épouvantable d'éther.

Mais le plus terrifiant fut de retrouver les deux victimes dans le même état, le regard figé dans une grimace semblable à celle qu'elles avaient en quittant leur boutique de mode.

Aglaé alla les embrasser mais aucune n'eut le moindre geste, la moindre réaction.

Alexandre resta sciemment en retrait mais incita la « mousquetaire » à évoquer le souterrain. Peut-être que cela allait agir comme un choc positif sur les deux sœurs ?

Mais le récit de sa jeune amie, qui raconta par le détail leur exploration du puits, ne changea en rien leur physionomie.

Des statues. Plus figées encore peut-être que la semaine passée.

— Je crois que notre visite n'aura servi à rien, soupira Alexandre à l'oreille d'Aglaé, qui s'était écartée des lits.

Ce fut lorsque le jeune garçon tourna la poignée pour sortir qu'ils entendirent s'élever comme une complainte dans la chambre. Aglaé se retourna. Edwige, le regard toujours dans le vide, sifflait entre ses lèvres.

— Spada, Spada, Spada, répéta-t-elle.

Les deux adolescents échangèrent un regard.

— Spada, Spada, continua-t-elle à psalmodier. Attention au bateau disparu !

Aglaé s'approcha, enjoignant son employeuse de continuer, lui prenant délicatement la main entre les siennes.

— Quelqu'un est-il venu vous voir en diligence le soir du drame, Edwige ? demanda-t-elle.

La vieille dame s'était replongée dans son cruel mutisme. Penauds, Alexandre et Aglaé sortirent de l'hôpital. Ils devaient bien admettre leur échec.

Mais ils n'eurent pas le temps d'y penser.

Tandis qu'ils remontaient la rue en direction de Notre-Dame pour retrouver Mlle Adélaïde, ils virent débouler au-devant d'eux une énorme diligence noire aux vitres sombres, traînée par quatre puissants alezans. Elle s'arrêta juste à leur hauteur. Deux hommes au visage masqué en sortirent aussitôt pour empoigner fermement Alexandre et Aglaé, qui, sous l'effet de la surprise, ne se débattirent pas.

On les hissa à bord et la voiture repartit aussi sèchement.

Enlevés ! Enlevés dans la cohue parisienne !

CHAPITRE 13

De puissantes mains les maintenaient assis sur les banquettes de la diligence. Ils sentaient dans une moindre mesure les cahots des pavés dans cet intérieur cossu qui sentait encore le cuir neuf. On leur posa un bandeau sur les yeux afin qu'ils ne parviennent pas à apercevoir les rues qu'empruntait l'attelage.

Évidemment, Alexandre chercha à se défendre. Il banda ses muscles, battit des jambes, hurla même. Mais la poigne ferme des ravisseurs l'immobilisa et ils finirent par le bâillonner pour ne plus être gênés par ses cris de putois.

Aglaé se montra plus mesurée dans sa réaction. Elle devinait la lutte inégale, voire impossible, et se concentrait sur les sons de la rue qui lui parvenaient dans l'habitacle, essayant d'en analyser le plus possible. On ne leur avait heureusement pas bouché les oreilles !

Le trajet dura une trentaine de minutes tout au plus pourtant, dans ces conditions, il sembla se passer une éternité, presque comme s'ils retournaient en Picardie !

Ils ne virent rien de la rue où la diligence s'était arrêtée, mais il s'agissait d'une rue bien calme puisque, une fois que les chevaux eurent cessé de claquer leurs fers contre la chaussée, ils n'entendirent plus le moindre son jusqu'à celui d'une porte qui s'ouvrait à la volée. Alexandre, profitant d'un relâchement de poigne de son ravisseur de droite, tenta une feinte et se projeta en arrière. Son pied s'arrêta juste à la hauteur de la première marche du perron qu'ils venaient de monter. Les mains enfin libres, il arracha le bandeau qui lui recouvrait les yeux. C'est alors qu'il vit la façade de la demeure dans laquelle ils allaient pénétrer, un splendide hôtel particulier en pierre de taille, à la façade percée de fenêtres en ogive. Son observation ne dura guère longtemps car on l'empoigna à nouveau et on le poussa dans le hall de la maison où Aglaé attendait. Elle non plus ne portait plus de bandeau.

— Tenez-vous au milieu, là, sur le sol.

Le plus grand de leurs ravisseurs leur désigna un cercle sculpté sur le marbre du sol, non loin d'un escalier en colimaçon qui permettait d'accéder aux étages et qui s'enfonçait aussi dans le sol.

Les deux adolescents levèrent les yeux et virent au-dessus d'eux une grande mezzanine où s'étalaient des meubles précieux et des tableaux de maître.

— Où sommes-nous ? demanda Alexandre. À qui appartient cette demeure ?

— À moi ! répondit une voix au fort accent anglais.

Et leur hôte mystérieux apparut sur la mezzanine, en un geste théâtral.

— Veuillez monter me rejoindre, *please*[1], mes chers enfants.

---

1. S'il vous plaît.

L'homme était grand, vêtu d'un costume bordeaux trois pièces cintré qui témoignait de sa richesse. Il portait une épée à la taille. Son visage était très blanc, comme poudré. Ses traits étaient d'une grande finesse, si l'on omettait la légère boursouflure qui apparaissait près de son œil droit.

Il vint à leur rencontre lorsque Alexandre et Aglaé terminèrent leur ascension du long escalier en colimaçon. Il adressa un salut de la main au jeune garçon et s'agenouilla devant Aglaé en lui prenant la main. Diverses émotions passèrent dans son regard lorsqu'il se trouva face à la « mousquetaire ». Mais il se reprit aussitôt pour retrouver son flegme premier.

— Je vous prie d'excuser la façon quelque peu cavalière que j'ai eue de vous inviter en ma demeure parisienne.

Il parlait un français parfait avec, néanmoins, un fort accent venu d'outre-Manche.

— Cavalière, le mot sonne juste, grinça Alexandre.

— J'ai eu peur que vous n'acceptiez pas mon invitation si je vous la faisais délivrer de vive voix.

— Qui êtes-vous ? demanda Aglaé à son tour. Et que nous voulez-vous ?

L'Anglais fit un tour sur lui-même avant de se laisser tomber sur un large canapé où il invita les deux adolescents à le rejoindre. Mais ils refusèrent.

— Je ne m'assois qu'en compagnie de mes amis, déclara l'apprenti écrivain.

— Je me présente : je suis lord Wilmore. Et je souhaite précisément devenir un de vos amis, mes enfants. Je détiens une information qui vous ravira, et je suis prêt à vous la délivrer sur-le-champ en échange d'un menu service.

Les deux mousquetaires restèrent muets. Mais ils écoutaient attentivement. Ce silence, c'était pour le faire continuer, cet excentrique personnage.

— Je sais où se trouve votre ami Boudoux...

Alexandre se retint pour ne pas sauter de joie.

—... puisque c'est précisément moi qui l'ai enlevé à Villers-Cotterêts au début de ce mois !

— Vous avez enlevé Boudoux ? cria Alexandre. Mais pourquoi ? Qui êtes-vous donc ? Et où se trouve-t-il ?

Le sourire de lord Wilmore s'accentua.

— Je vais répondre à vos questions dans l'ordre, *my boy*[1].

Il polissait la garde de son épée tout en parlant.

— Oui. Pour une raison qui m'appartient et qu'il vous expliquera. Je suis un justicier et fier de l'être. Et je vous conduirai bientôt à lui puisqu'il se trouve embastillé – j'adore ce mot si français – dans la cave de ma demeure.

— J'exige de le voir immédiatement, dit Alexandre entre ses dents. Et j'espère pour vous que vous ne lui avez pas infligé de trop mauvais traitements.

Le lord ricana.

— Infliger des mauvais traitements à Boudoux ne pourrait le rendre que plus présentable.

Les deux adolescents ne goûtèrent guère ce trait d'humour.

— Mais je vais vous conduire à Boudoux, oui, ou plutôt je vais vous y faire conduire car j'ai une autre affaire plus urgente encore à régler. Lui saura vous expliquer les raisons de sa présence ici, et ce petit service que j'attends

1. Mon garçon.

de vous contre sa libération. Et contre la vôtre, *obviously*[1], par la même occasion.

Il claqua des doigts et un de ses sbires monta aussitôt.

— Veuillez emmener ces enfants vers notre invité du sous-sol…

— C'est que le prisonnier dort, *my Lord*. Et lourdement.

— Eh bien, vous le réveillerez… Un bon seau d'eau froide devrait faire l'affaire… Vous irez le prendre à l'égout.

Alexandre serra les dents mais ne dit rien. L'homme fit un salut presque militaire et emmena les deux mousquetaires à sa suite.

Ils descendirent donc au sous-sol, et marchèrent bien cinq bonnes minutes avant que l'homme ne leur désigne une porte en bois parfaitement identique à la vingtaine d'autres qu'ils venaient de dépasser. Décidément, ils étaient abonnés aux souterrains ! À cet instant, ils eurent une pensée inquiète pour Marie-Louise et Mlle Adélaïde, qui devaient se faire un bien mauvais sang et n'allaient certainement pas tarder à se rendre à un poste de police pour signaler la disparition des enfants.

L'homme jeta un regard par l'œil-de-bœuf qui transperçait la porte et dégaina alors un énorme trousseau de clefs.

— En fait, votre ami est réveillé.

Il ricana.

— Je n'aurai pas besoin d'aller chercher un seau d'eau sale.

Il déverrouilla les trois serrures et fit claquer la porte contre le mur.

---

1. Évidemment.

L'émotion d'Alexandre fut intense.

Mais oui ! C'était bien Boudoux devant eux ! Boudoux couché à même la terre battue, enchaîné et bien mal en point !

CHAPITRE 14

— Boudoux ! cria Alexandre en se précipitant vers lui. Mon Boudoux ! J'espère qu'ils ne t'ont pas fait trop de mal...

Le jeune garçon retrouva avec bonheur son ami, sa chevelure hirsute, son visage détraqué, tout le contraire de l'autre empoté de Wilmore, là-bas, en haut ! Quelle joie de le revoir bien vivant, quoique bien plus faible que d'ordinaire. Il le prit dans ses bras, ou plutôt essaya puisque l'homme était un véritable mastodonte. Boudoux se releva avec difficulté en faisant cliqueter les chaînes qu'il portait aux chevilles et aux poignets.

— Ah, mes fiers enfants de Villers ! susurra-t-il. Que je suis heureux de vous voir ! Wilmore avait donc dit vrai lorsqu'il m'annonçait votre venue prochaine... Ça me fait bien chaud au cœur !

— Mais que t'est-il donc arrivé, mon Boudoux ? demanda Alexandre.

— J'ai soif, tu n'aurais pas de l'eau ?

Aglaé avisa un broc en équilibre précaire sur une petite table et le tendit au prisonnier, qui se le renversa dans le gosier sans préavis.

— C'est Wilmore qui m'a enlevé tandis que je guettais le gibier près de ma mare… Tu penses que je ne serais pas parti sans te dire au revoir, Alexandre ! Enfin, quand je dis « lui », un de ses hommes, plutôt. Lui n'a pas l'air d'être un homme d'action mais plutôt un homme de paroles… Bref, ils ont dû droguer mon vin et je me suis assoupi là-bas pour me retrouver ici. Vous parlez d'un choc…

— Mais que vous voulait-il ? demanda Aglaé.

— Eh bien, me demander un service… par votre intermédiaire… C'est un peu fou, je sais… Il m'a dit que je resterais prisonnier tant que vous ne lui auriez pas rendu ce fier service…

— Donc, tu ne sais rien de ce qui est arrivé aux sœurs Rigolot ? Et pour le souterrain ?

— Qu'est-il donc arrivé aux sœurs Rigolot ? Et de quel souterrain me parles-tu ?

Alexandre lui raconta l'incident, la crise qui frappait durablement les deux propriétaires du magasin. Il évoqua le nom de Spada, le souterrain du puits, le trésor dans la pièce à la porte en fer forgé, jusqu'aux vêtements trouvés dans le souterrain et aux coupures de journaux. Mais Boudoux secouait énergiquement la tête.

— Ton Spada, ça ne me dit rien. Et quant à faire de moi le créateur de ce labyrinthe, ah ça non ! J'aime trop l'air frais pour aller m'enterrer sous terre, mon bon Alexandre !

Il lapa à même le col du broc les dernières gouttes d'eau.

— Et ce fier service alors ?

Boudoux se releva encore un peu, avec plus d'agilité que la fois précédente cependant.

— Ah oui, ça va vous paraître étonnant comme ça m'a paru à moi… Dieu, ce que ma gorge est encore sèche, mes enfants… Mais vous me libérerez ainsi… Vous me libérerez enfin et vous aussi par la même occasion… Et peut-être pourrons-nous alors avancer vers le mystère de ce souterrain et celui des deux sœurs… Bref, Wilmore souhaiterait que vous vous rendiez à un bal costumé qui a lieu en fin d'après-midi chez le comte Danglars. C'est un très riche banquier et homme politique. Sa femme Mercédès et son fils Edmond sont nés tous les deux le 21 mars, la mère a convié ses amis, triés sur le volet, et le fils ses camarades. Et, d'après Wilmore, on ne contrôle pas vraiment l'entrée des enfants et des adolescents costumés.

Alexandre hocha la tête.

— C'est complètement fou… Il vous a enlevé pour qu'Aglaé et moi nous rendions à un bal costumé ? Mais pourquoi nous ?

— Il a forcément une bonne raison à cela, dit la jeune fille. Sinon, pourquoi aller chercher deux enfants comme nous, à la campagne ?

— Peut-être le lord sait-il que je suis fier, courageux et preux combattant ? répondit Alexandre, en bombant le torse.

Son amie soupira. Pour elle, il y avait une autre explication, évidemment.

— Cet homme est fou ! éructa Boudoux. Mais je suis enfermé ici… Et il vous a, à votre tour, enlevés en plein Paris !

— Oui, devant l'Hôtel-Dieu, précisa Aglaé.

— Cet homme est fou mais intelligent aussi. Il sait que ce sera plus facile d'entrer sans carton pour vous que pour moi, vous paraissez tellement… inoffensifs. Au premier coup d'œil, on vous donnerait le bon Dieu sans confession.

— Mais il va falloir se déguiser, alors ? dit Alexandre. Nous n'avons rien prévu.

— Lui a tout prévu, dit Boudoux. Il vous fournira le nécessaire. Il mettra à votre disposition une diligence pour vous emmener là-bas…

Boudoux fixa son jeune ami droit dans les yeux.

— Il est l'heure du choix. Alexandre, je compte sur ton amitié ! Aglaé, sur ta détermination et ton courage !

Dans leur société secrète, les décisions graves se voulaient collégiales et prises à l'unanimité. Les deux mousquetaires échangèrent un long regard avant de répondre.

CHAPITRE 15

— C'est d'accord, dit Alexandre. Mais nous allons exiger du lord des garanties. Cela me semble être absolument nécessaire face à un Anglais.

Aglaé lui lança un regard quelque peu courroucé.

— Non, non, Alexandre a mille fois raison ! tonna Boudoux. Il faut qu'il vous assure de me délivrer et de vous laisser en paix une fois votre mission accomplie.

— Demanderons-nous une note écrite de sa main ? questionna le jeune garçon.

— Elle ne vaudra rien, ta note ! dit l'ermite enchaîné. Non, non, il faut lui faire jurer sur l'honneur de sa pairie. On pensera ce qu'on veut des Anglais, mais ils ont quelques honneurs tout de même… Ah ça oui !

Alexandre hocha la tête et tambourina sur la porte.

— Dites à Wilmore que nous acceptons son offre, dit-il de sa voix la plus adulte possible.

— Tu lui diras toi-même, ricana le garde. Et je te prierais de dire « lord Wilmore ». Mon maître n'est pas un homme ordinaire.

— Il n'est pas extraordinaire non plus, lança Aglaé à brûle-pourpoint.

Les deux adolescents remontèrent dans le hall puis on les conduisit dans une luxueuse bibliothèque, où leur hôte les retrouva cinq petites minutes plus tard.

— *Then*[1], avez-vous pu embrasser votre amie la brute ? lança le lord en arrivant dans la pièce.

Alexandre ne releva pas.

— Nous acceptons votre offre, lo…

Il se reprit :

— Nous acceptons votre offre, Wilmore.

— Voici une excellente nouvelle !

Il claqua des mains à deux reprises. Aussitôt, une femme vêtue d'un pantalon et d'une veste multicolores très étranges fit son entrée. Elle portait sous chaque bras deux grosses boîtes qu'Aglaé identifia aussitôt comme des cartons à vêtements.

— Ce sont vos costumes, précisa le lord. Je les ai fait fabriquer sur mesure par un des meilleurs artisans de votre belle capitale. Vous, jeune homme, vous serez mousquetaire du roi.

Le regard d'Alexandre s'illumina aussitôt.

— Et vous, très charmante demoiselle, vous serez Colombine.

— Ah non ! s'écria-t-elle. Je ne veux pas être Colombine. Je veux être mousquetaire, comme Alexandre !

Lord Wilmore se laissa tomber sur une chaise.

— Mais enfin, Aglaé ! Ressaisissez-vous ! Une demoiselle ne peut être mousquetaire du roi. C'est une hérésie !

---

1. Alors.

— Je ne veux pas de votre costume blanc, j'exige un costume bleu, comme celui d'Alexandre. Sinon, je ne participe pas à votre bal costumé…

— De toutes les façons, nous porterons des loups ? intervint l'adolescent, volant à son secours.

Wilmore balbutia que oui.

— Alors comment pourrait-on savoir que c'est une jeune fille qui se cache sous ce costume ?

S'il y avait eu une chaise plus basse encore où le lord aurait pu tomber, il l'eût fait. Mais il ne vit que le parquet. Et un noble anglais digne de ce nom n'use pas son costume sur du parquet, qui plus est du parquet français.

— Mais enfin, *my dear*[1] Alexandre, l'anatomie d'une femme n'est pas à proprement parler la même que celle d'un homme… Il y a des détails qui…

— Assez ! s'énerva Aglaé. Je n'irai pas au bal en Colombine. Il est hors de question que vous me tapissiez le visage de farine. Ce sera mousquetaire ou rien.

Le lord chassa vertement la costumière dans sa langue maternelle, lui ordonnant de revenir vite, très vite même, avec deux costumes de mousquetaire.

Ce qui fut fait une demi-heure plus tard.

— Le temps presse, précisa Wilmore. La diligence est déjà prête à nous mener jusqu'à l'hôtel particulier des Danglars. Je vous livrerai mes instructions sur le trajet. En attendant, habillez-vous ! Je vous attends en bas !

Et ce furent deux mousquetaires, épée au côté, le visage dissimulé derrière un loup, que le lord accueillit dans le hall.

---

1. Mon cher.

— *Perfect, perfect*[1], dit-il en applaudissant. La plume sur le chapeau est magnifique ! Et cette croix blanche sur vos tuniques, plus vraie que la vraie ! Ah qu'a-t-on eu tort de supprimer la royauté dans votre pays lorsque l'on voit les preux soldats qui œuvraient à sa défense !

Alexandre et Aglaé durent admettre que les costumes étaient somptueux et qu'ils leur allaient au centimètre près. Du travail d'orfèvre du vêtement.

— Nous exigeons des garanties, Wilmore, lança Alexandre. Jurez-nous sur votre honneur que vous libérerez Boudoux et que vous nous laisserez partir une fois que nous vous aurons donné accès au bal costumé des Danglars !

Le lord eut un geste d'impatience de la main.

— Oui, oui, mon jeune ami, je vous jurerai tout cela dans la diligence puisqu'il est plus que l'heure d'embarquer !

Ils quittèrent tous trois la demeure et prirent place à l'arrière de la voiture qui les avait conduits jusqu'ici. Aglaé essaya par tous les moyens de distinguer un nom de rue ou un indice quelconque pour situer la résidence du lord dans Paris, mais elle n'en eut malheureusement pas le temps. Cette fois, ils s'installèrent plus posément sur les banquettes. Pour plus de commodité, ils détachèrent leurs épées et les posèrent sur leurs genoux.

Tandis que la diligence s'élançait à grand train, Wilmore jura donc que l'ermite de Villers-Cotterêts serait libéré en début de soirée. Et qu'ensuite, il laisserait les deux adolescents vaquer librement à leur exploration parisienne.

---

1. Parfait, parfait.

— Ce que je vous demande va s'avérer d'une simplicité enfantine pour des jeunes gens aussi brillants que vous, continua le lord. Vous entrez dans l'hôtel, vous n'avez pas de carton, mais ils ne vérifieront en rien votre identité. Un enfant n'est jamais dangereux pour Danglars. Il compte tant d'ennemis adultes que pour lui, la tranche d'âge inférieure n'est constituée que d'innocents.

— Ce que nous sommes, dit Aglaé.

— Oui, certes, encore pour quelques instants… répliqua l'Anglais, qui grattait sa boursouflure, comme un signe de nervosité. *Anyways*[1], vous entrez et vous gagnez discrètement le premier étage. Là, vous trouverez une sorte de petit bureau, en haut de l'escalier, sur votre gauche. Le bureau de l'homme de confiance de Danglars, un certain Quesnel… Il y a une grande fenêtre dans ce bureau. Il vous suffira de la laisser entrouverte.

— Je suppose que c'est par là que vous ferez votre entrée, dit Alexandre. Car ce stratagème a pour but de vous faire pénétrer discrètement dans la demeure, n'est-ce pas ?

— Oui, mais cela ne vous regarde plus. Dès votre mission effectuée, vous redescendrez dans la salle de bal et vous vous y perdrez. Vous aurez rapidement le loisir de vous échapper de l'hôtel particulier, je vous en donne ma parole, là aussi…

— Mais pourquoi voulez-vous absolument vous introduire chez le comte Danglars pendant sa fête. Vous êtes un de ses ennemis, n'est-ce pas ? Un ami aurait un carton et serait entré par la porte.

1. Bref.

Lord Wilmore ne répondit pas plus à cette question qu'aux suivantes. Il ferma les yeux, les bras croisés lui aussi sur son épée qu'il tenait sur ses genoux. Il est vrai que son précieux costume bordeaux pouvait très bien constituer un déguisement, par son originalité.

La diligence ralentit son allure quelque temps plus tard, après avoir arpenté ce qui semblait être la Petite Ceinture de Paris à une vitesse folle.

— Nous arrivons à Passy, dit alors Wilmore en ouvrant les yeux. Moi, je reste dans la voiture pour le moment. C'est ici que tout commence.

Après un silence, il ajouta :

— Pour vous comme pour moi.

En descendant de cette magnifique diligence noire devant le prestigieux hôtel particulier de Danglars à Passy, Alexandre et Aglaé pensèrent que leurs aventures prenaient là une tout autre forme, un tout autre tournant. Le flot parisien les emmenait vers une nouvelle dimension.

CHAPITRE 16

Un majordome en grande livrée les accueillit aussitôt qu'ils eurent mis pied à terre.

— Ces jeunes gens sont bien des amis de M. le vicomte Edmond Danglars ? demanda-t-il d'une voix susurrante.

C'était un monsieur très vieux, qui devait approcher de la centaine d'années au bas mot.

— Oui, nos parents viendront un peu plus tard dans la soirée… précisa Alexandre en imitant le ton ferme dont usent les gens puissants pour s'adresser aux manants qui les servent.

— Fort bien, fort bien, continua de susurrer le majordome. Et pouvez-vous me laisser voir votre carton d'invitation ?

— Nous l'avons oublié au manoir, enchaîna Aglaé. Nous venons de vous dire que père et mère viendront plus tard. D'ailleurs, notre voiture repart les chercher.

Le majordome s'écarta. Il ne pouvait y avoir aucune triche à ce sujet. À leur façon hautaine de s'exprimer, ces deux adolescents étaient bien des amis du jeune vicomte.

— Je vous souhaite une très agréable fête costumée, termina le majordome.

Alexandre et Aglaé, qui prenaient leur rôle très au sérieux, lui jetèrent un regard plein de dédain et de pitié. Le vieil homme les remercia par une ultime courbette avant de claudiquer vers une autre voiture qui se présentait devant la porte de l'hôtel particulier.

Ils entrèrent alors dans le hall puis se frayèrent un chemin vers la salle de bal, où se tenaient déjà une centaine de convives, dont la moitié d'enfants et d'adolescents. Un menuet se dansait au centre de la salle. Des buffets regorgeant de victuailles et de boissons se dressaient partout, à chaque coin. On ne pouvait faire trois pas sans être en mesure de tendre la main et de saisir un verre d'orangeade et un petit-four pâtissier. Les deux Picards n'avaient jamais observé dans leur courte existence un tel étalage de richesses, une telle opulence. Tous les costumes étaient splendides. Ils semblaient être les deux seuls à être habillés en mousquetaires. Mais ils n'avaient pas exploré toutes les salles accessibles de la demeure.

— Victor ! hurla une femme en direction d'Alexandre. Victor, c'est vous, soulevez votre loup !

— Non, ce n'est pas Victor, répondit-il.

Et l'intonation de sa voix eut l'air de convaincre cette femme habillée d'une robe à crinoline, qui se détourna aussitôt.

— Vite ! Le bureau de Quesnel à l'étage, souffla Aglaé à l'oreille de son compagnon.

Ils quittèrent la salle de bal pour retourner dans le hall, au pied du grand escalier de marbre. Personne n'y montait, personne n'en descendait. Ils allaient devoir attendre le moment opportun.

Il ne tarda pas à se présenter ! Un groupe d'enfants d'une dizaine d'années, et qui rendaient bien une vingtaine de centimètres à Alexandre et à Aglaé, se ruèrent dans l'escalier. Le chef de meute hurla :

— Je l'ai entendu se cacher en haut dans sa chambre !

Le vieux majordome, qui était revenu à l'intérieur de la demeure pour une courte pause, eut beau crier que les étages n'étaient pas accessibles durant la fête sur ordre de Mme la Comtesse, il ne fut pas en mesure d'endiguer le flot enfantin, auquel se joignirent aussitôt Alexandre et Aglaé.

Mais eux restèrent au premier étage. Le bureau, à gauche de l'escalier !

Ils y pénétrèrent et, en deux enjambées, tandis que la mousquetaire faisait le guet, le mousquetaire se trouva près de la grande fenêtre et l'entrouvrit. Elle donnait sur un toit gris, le toit du bâtiment contigu à l'hôtel particulier des Danglars.

— C'est fait, dit-il.

Ils n'eurent plus qu'à redescendre discrètement et à regagner la salle de bal en attendant l'intrusion de lord Wilmore. Ils espéraient qu'elle ne serait pas franchement désagréable, ni surtout dangereuse pour quiconque. Une pensée traversa l'esprit des deux mousquetaires : et si le lord anglais était venu pour tuer Danglars ? Ils pourraient dès lors se considérer comme complices.

Ils rejoignirent les festivités, s'accordant un verre d'orangeade chacun. Puis Alexandre invita Aglaé sur le parquet pour lui montrer tout le profit qu'il retirait de ses cours de danse à Villers-Cotterêts.

Leur amusement fut de très courte durée.

La musique s'arrêta brusquement. Un homme portant un costume bordeaux venait de sauter sur l'estrade où se tenait l'orchestre et avait fauché deux violons à deux musiciens. Il se servit d'un instrument pour taper sur l'autre.

— Que la musique cesse, hurla lord Wilmore, il faut que je vous parle à tous !

Des domestiques se précipitèrent vers lui mais, devant la mine agressive de l'intrus, ils se ravisèrent aussitôt.

— Laissez ! dit une grosse voix, la voix de l'hôte, Danglars, déguisé en capitaine corsaire et qui tenait par le bras la comtesse, dans un magnifique costume chatoyant de diseuse de bonne aventure. Laissez parler cet homme ! Je ne crains pas mes ennemis, surtout dans mon propre intérieur !

— Oui mais là, mon cher Danglars, tu risques gros, très gros même !

Wilmore descendit de l'estrade. Alexandre nota qu'il n'avait pas tout à fait la même voix que lors de leur première rencontre.

— Et puis ce n'est pas à toi que je veux parler, mais à ton épouse, la belle Mercédès.

On entendit des cris outrés dans la salle. Tout alla très vite. Lord Wilmore fit une embardée sur sa droite, là où se trouvaient Aglaé et Alexandre. Il se saisit de la jeune fille, l'empoignant fermement par le bras. Elle se récria alors qu'il lui arrachait son loup et son chapeau, révélant à la foule qu'elle n'était pas un jeune garçon.

— Voici Aglaé, ô belle Mercédès ! Ta première fille ! Notre fille ! Cette fille que ton mari a fait placer dans une famille de paysans au fin fond de la Picardie pour ne pas avoir à l'élever !

On entendit crier fort à nouveau.

— Assez ! Assez ! Qui est ce grossier personnage qui ose faire cela devant des enfants ! Et le jour d'anniversaire de la comtesse !

— Oui, notre fille, Mercédès. Regarde-la bien ! Elle est belle comme toi, et blonde comme moi !

Alexandre suivit le mouvement de Wilmore pour protéger sa jeune amie. Mais il ne parvint pas à l'arracher à ce terrible personnage.

Aglaé ? La fille de Mme Danglars la comtesse ? Quels étaient encore cette infamie, ce mensonge ? Et puis pourquoi le lord anglais ne parlait-il plus avec son accent d'outre-Manche et plutôt même avec un accent du Sud ?

Un nouveau cri s'éleva dans la salle de bal. Alexandre le reconnut aussitôt. Aglaé !

CHAPITRE 17

L'adolescente s'était évanouie.

L'intervention de Wilmore provoqua consternation, stupeur et pagaille dans l'hôtel particulier des Danglars. Quelques secondes après Aglaé, ce fut Mercédès qui perdit connaissance.

Alexandre s'agenouilla pour prendre sa jeune amie dans ses bras et lui murmurer de se réveiller. Il lui tapota doucement les joues pour lui faire reprendre ses esprits.

Pendant ce temps, le comte Danglars ordonnait à ses domestiques de tout tenter pour capturer l'intrus. Mais ce dernier, d'une agilité sans pareille, s'était déjà enfui de la salle de bal, regagnant probablement l'étage et la fenêtre du bureau de Quesnel.

— Mais qui êtes-vous, vous ? demanda alors Danglars, qui avait saisi Alexandre par les épaules.

La carrure l'avait trompé. Il l'avait pris pour un adulte.

— Je suis un ami de cette jeune personne, répondit le mousquetaire, qui a été salie par quelques mensonges infâmes.

— Va-t'en, petit, dit aussitôt Danglars d'un ton courroucé en faisant rouler sa fine moustache entre ses doigts. Ce n'est pas une histoire pour toi.

Puis il désigna Aglaé, qu'Alexandre tenait fermement contre lui et qui reprenait peu à peu conscience.

— Montez-moi donc cela ! dit-il.

Le « cela » agit comme un détonateur dans l'esprit d'Alexandre. Et, puisque Aglaé se levait et redevenait à nouveau autonome, l'adolescent en profita pour tirer son épée et se présenter devant le comte Danglars.

— Cette jeune femme est une personne, et non un objet.

Danglars ricana :

— Ce n'est pas toi qui vas m'embrocher comme un poulet !

Un domestique lui jeta une épée, qu'il saisit au vol.

— C'est la première fois que je me bats contre un enfant... ajouta-t-il. Décidément, cette fête d'anniversaire m'aura fait tomber bien bas.

Alexandre ne se défila pas. Très souple sur ses genoux, l'épée à l'équerre, il tenta de porter une première touche à la poitrine du corsaire. Mais l'autre para, sans riposter toutefois. L'adolescent fut donc en mesure d'attaquer à nouveau. Et là, il déchira tout un pan de la veste noire du déguisement.

Des « Oh ! » de stupéfaction se firent entendre dans la salle tout entière. Les invités et les domestiques s'étaient figés sous les lustres de cristal étincelants.

— Alexandre ! Arrête ! ordonna Aglaé.

Mais le mousquetaire était bien décidé à continuer le combat.

Danglars, piqué au vif, répliqua aussitôt d'une attaque rondement exécutée. Mais Alexandre para brillamment. Il recula et les deux combattants se jaugèrent quelques instants.

— Arrêtez, mon ami, arrêtez ! cria la comtesse qui avait repris ses esprits. Vous voyez bien qu'il s'agit d'un enfant sous le loup.

Mais son époux ne l'écouta pas et porta une autre attaque, à la cuisse cette fois, et cela causa une douleur brève mais intense à Alexandre. Il tint bon cependant. Une vraie force de la nature. Il fit un long pas en avant, une feinte de dégagement, puis attaqua avec fermeté, lame contre lame, parvenant à poser la garde de son épée contre celle du comte. Il y mit toute sa force et sentit le poing de son adversaire trembler. Il se rapprocha encore, donna ses dernières forces, galvanisé par la présence d'Aglaé et par ce costume de D'Artagnan, ce héros qu'il admirait tant.

L'arme du comte tomba au sol.

La salle en resta muette.

— Emparez-vous de cet énergumène ! hurla alors Danglars, au comble de la fureur.

Mais Alexandre, qui avait encore son épée en main, donna trois violents coups dans le vide pour accueillir les domestiques, lesquels firent aussitôt marche arrière. Un autre, armé celui-là d'une épée, arriva sur le côté et, en piètre spadassin, tenta une attaque si molle que la parade et la riposte furent pour Alexandre un jeu de nourrisson. L'arme du pauvre homme vola dans les airs et la foule s'écarta afin de laisser l'arme percer le parquet plutôt qu'un crâne innocent.

Alexandre en désarma deux autres sous le regard admiratif d'Aglaé et de la salle tout entière. Il n'eut guère le temps de philosopher sur ses actions présentes, mais il se trouva tout de même fort beau et agile en cet instant, un vrai mousquetaire.

Les ennemis venaient plus nombreux, plus armés aussi, et partir de ce bal costumé de malheur devenait la priorité absolue. Pour la révélation de Wilmore, pour la personne même de Wilmore, qui ne manquait rien pour attendre, ce faquin, on verrait plus tard !

Il prit aussitôt Aglaé par la main et lui demanda de courir... De lui faire confiance et de courir le plus vite dont elle se sentait capable après son évanouissement. La fenêtre du fond, sur la droite, donnait sur la grande rue de Passy, il l'avait remarqué en arrivant. Ils remontèrent donc la salle de bal à grandes enjambées.

Les deux mousquetaires n'avaient pas d'autre choix pour échapper à leurs poursuivants.

— Attrapez-moi ces deux-là ! hurla une dernière fois Danglars.

Alexandre sauta le premier à travers la vitre, au mépris de tout danger. Il entraîna Aglaé à sa suite. Le verre se pulvérisa immédiatement. Les deux aventuriers se sentirent voler un instant.

Mais plus dure serait la chute.

CHAPITRE 18

Les deux mousquetaires atterrirent lourdement sur la chaussée. Le bruit du verre brisé avait braqué les regards des passants dans leur direction, mais ils n'y prêtèrent pas la moindre attention.

— Viens ! souffla Alexandre, sans libérer la main de sa compagne.

L'escrimeur avait lâché son épée avant de sauter et, avec cette main libérée, il essuya son front moite de sueur. Un autre fluide s'y trouvait : du sang ! La conséquence d'un petit éclat de verre qui s'était fiché en haut de sa tempe droite, tout près de son cuir chevelu. Mais pas de quoi arrêter Alexandre.

— Là ! dit-il en désignant la diligence noire de Wilmore.

Le cocher avait disparu, mais les quatre alezans se trouvaient encore harnachés.

— Monte ! Nous allons fuir dans cette voiture !

— Mais qui va la conduire ? s'inquiéta Aglaé, à bout de souffle. Où est Wilmore ? Et son cocher ?

— Partis sur un autre attelage plus discret… Pas fou, l'Anglais ! Et pour ce qui est de conduire, tu peux me faire confiance !

Ils s'élancèrent en direction de la voiture sous le regard ahuri des passants et des invités de Danglars qui observaient leur fuite par les fenêtres de l'hôtel particulier.

— Arrêtez-les ! cria une grosse voix.

Des coups de sifflet jaillirent aussitôt d'une petite rue adjacente. La police était prévenue, ce qui allait ajouter du danger à leur fuite. Au fond, ce n'était pas pour déplaire à Alexandre. Lui qui réclamait de l'aventure, il la trouvait servie sur un plateau depuis son arrivée dans la capitale.

Passy connaissait là son feu d'artifice triennal !

Alexandre aida Aglaé à se hisser sur la banquette et il prit aussitôt place, saisissant d'une main les rênes et de l'autre le fouet, qu'il fit claquer aussi fermement qu'un cocher de compétition.

— Allez, braves bêtes ! dit-il.

La grosse voiture se lança aussitôt, soulevant derrière elle un nuage de poussière. Et Alexandre ne connut aucun répit. Derrière eux, deux calèches légères les avaient pris en chasse. L'une semblait appartenir à la police, l'autre portait les armoiries de Danglars sur les portes.

— Il s'agit à présent de les semer, dit Alexandre.

Leurs chapeaux en feutre ornés de la célèbre plume « mousquetairienne » avaient tenu sur leur tête jusqu'ici, mais ils s'envolèrent lors de leur démarrage digne d'un coup de canon.

Alexandre naviguait à travers les petites rues de Passy avec une dextérité certaine. Il faut dire qu'il bénéficiait de chevaux d'expérience. Les calèches ne parvenaient pas à rattraper leur retard. Mais la partie allait se corser. Car en face d'eux se présenta une seconde voiture de police, qui fonçait littéralement dans leur direction. Alexandre fit claquer son fouet et donna un violent coup à droite sur les rênes. La diligence dévia juste à temps, évitant le choc. Entre les deux, à peine de quoi glisser une feuille à tabac ! Il y eut quelques applaudissements dans la rue. Les deux mousquetaires allaient bientôt à nouveau entrer dans Paris.

À présent, ils avaient trois poursuivants. Et la voiture frappée des armoiries de Danglars était parvenue à se rapprocher, à la faveur de cet évènement. Le conducteur réussit même à la hisser à la hauteur de la diligence et le passager tenta d'agripper Aglaé pour la faire tomber. À cette vitesse, c'était une manœuvre dangereuse… folle même !

Mais la jeune fille se défendit vaillamment et repoussa l'assaut. Ce fut son agresseur qui se retrouva à terre, roulant sur les pavés en poussant un grand cri !

— Accroche-toi, ma belle Aglaé, dit Alexandre. Le prochain virage s'annonce rude !

Et il le fut. L'adolescent n'avait pas assez ralenti et les deux roues droites de la diligence se soulevèrent du sol, déséquilibrant l'engin tout entier. Fort heureusement, elle retomba bien et les ressorts jouèrent leur rôle.

Mais, dans l'artère qui s'ouvrait devant eux, un peu plus large que celles qu'ils avaient empruntées jusque-là, il y avait du monde et surtout des policiers en nombre, à pied, en calèche, tous soufflant dans leur sifflet.

Alexandre donna un coup de fouet pour reprendre de la vitesse. Il heurta plusieurs véhicules à l'arrêt, ce qui le ralentit un peu. Derrière, les calèches policières se rapprochaient ! Et devant, trois autres s'installaient pour lui barrer la route.

— Nous allons passer en force ! annonça-t-il.

— Non ! cria Aglaé. Nous risquons de nous fracasser, c'est trop dangereux.

— Hors de question de s'arrêter maintenant !

Mais les attelages venaient de terminer leur manège, formant une barrière en travers de la rue. Une barrière infranchissable. La diligence noire, qu'Alexandre avait lancée à toute allure, risquait en effet de se fracasser, et les chevaux de se blesser, s'il ne déviait pas de sa route. Il s'était montré trop impétueux.

C'était trop tard ! À cet instant, Alexandre éprouva de la peur pour la première fois depuis le début de cette aventure.

— Il faut sauter ! souffla-t-il. Chacun de son côté.

Ils sautèrent, se rattrapant avec une roulade tout en se protégeant la tête. Le choc fut le plus rude de la journée. Sonnés, ils ne virent pas les chevaux se détourner au dernier moment pour éviter l'impact. Mais la diligence, qui heurta violemment les attelages de la police, se disloqua en plusieurs morceaux et souleva un énorme nuage de terre.

Un silence de tombeau se fit après le désastre et tandis que la poussière retombait paisiblement.

— Tu es fait ! dit une voix sifflante.

Un homme arriva vers eux, habillé d'un costume et d'une redingote verts. Il avait marché sur les décombres de la voiture de Wilmore pour parvenir jusqu'à eux.

— Je vous ai eus, mes agneaux… ricana-t-il. Vous ne m'échapperez plus. Là où le commissaire Villefort passe, le crime trépasse…

Il fit un salut presque acrobatique aux deux adolescents.

— Je suis le commissaire Villefort, de la police générale et je connais bien le comte Danglars. Vous allez me suivre au poste. La fête est bel et bien terminée pour vous.

CHAPITRE 19

Villefort, flanqué de quatre policiers en uniforme, conduisit les deux aventuriers bien penauds jusqu'à ce qu'il appela son « territoire », un bâtiment à un étage où était gravée sur la façade de pierre l'inscription « Police générale ». Les locaux occupés par Villefort se trouvaient sur le quai Saint-Bernard, en face du port fluvial spécialisé dans le transit du vin. Ce qui expliquait les visages rougeauds et les airs absents de la plupart des policiers en faction autour du bâtiment.

Mais Villefort, lui, semblait sobre. Ou tout du moins, s'il était ivre, c'était de sa prise du jour.

Depuis la fenêtre de son bureau, on pouvait apercevoir la façade de Notre-Dame de Paris au-dessus de la Seine et deviner celle de l'Hôtel-Dieu. Les cloches de la cathédrale sonnèrent six coups.

Alexandre et Aglaé avaient pris place en face de lui, sur deux chaises à l'assise en paille à moitié défoncée. Celles qui étaient réservées aux criminels.

— Alors, mes agneaux, commença Villefort. Vous allez devoir tout me dire, à présent ! Je sais ce qui s'est passé chez Danglars. Vous, jeune fille, la prétendue bâtarde, qui êtes-vous donc ? Complice de cet homme qui a semé la pagaille ? Sa fille ? Et d'ailleurs, qui sont vos parents ? Et où se trouvent-ils à cette heure ?

La tête du commissaire ne leur revenait pas. Il avait une tête longue et fine, surmontée de cheveux frisés poivre et sel, et portait une moustache très effilée. La tête d'un petit animal qui aimait fouiner…

— Nous avons soif, dit Alexandre.

— Nous avons soif, monsieur le commissaire, corrigea leur interlocuteur.

Il appela un policier, qui apporta aussitôt un broc d'eau et des verres en terre cuite à la propreté plus que douteuse.

— C'est bien la première fois que je mène un interrogatoire de mousquetaires du roi, ricana Villefort une fois les adolescents désaltérés. Bien, je réitère ma question… Où sont vos parents ?

Aglaé et Alexandre se concertèrent d'un regard. Que pouvaient-ils faire d'autre à présent que de jouer la franchise devant le policier et lui raconter par le menu leurs aventures parisiennes, depuis leur enlèvement devant l'Hôtel-Dieu jusqu'à l'incroyable dénouement à bord de la diligence de Wilmore ?

Évidemment, au bout du récit, c'est ce nom qui retint en premier lieu l'attention du policier.

— Je n'ai jamais entendu parler de ce lord anglais ! bougonna Villefort. Le plus clair pour nous tous serait de lui rendre une petite visite. Et puis, ensuite, je vous ramènerai en personne à votre auberge du Mesnil car votre mère, jeune Alexandre Dumas, doit bien être folle d'inquiétude à votre sujet !

Il tapota avec ses doigts sur le bureau et but à son tour un grand verre d'eau.

— Vous dites que vous aviez tous deux les yeux bandés durant le trajet en diligence ?

— Oui, répondit Alexandre. Mais j'ai bien vu la façade de son hôtel particulier en y arrivant. Je me suis débattu, j'ai réussi à enlever mon bandeau.

— D'accord, dit Villefort, mais enfin on ne va pas arpenter tout Paris jusqu'à trouver la bonne façade… Vous n'avez rien noté de particulier durant le trajet ? Des bruits par exemple, des odeurs, d'autres sensations ? Et d'ailleurs, était-ce un long trajet ?

Alors Aglaé prit la parole pour la première fois depuis son arrivée. Évidemment, ces épisodes l'avaient beaucoup plus choquée qu'Alexandre, puisque Wilmore s'était servi d'elle en jetant cette grotesque affirmation à propos de sa lignée.

— Je suis restée calme durant le trajet pour, justement, me concentrer sur ces sensations auxquelles vous venez de faire allusion.

— Et les avez-vous encore en mémoire ? demanda Villefort.

La demoiselle hocha la tête.

— Bien ! Alors venez près de moi, Aglaé.

Villefort en profita pour détailler de plus près les traits de la jeune fille. Il connaissait bien la comtesse Mercédès Danglars et il devait admettre que la jeune fille possédait quelques traits en commun avec elle. Enfin, de là à en faire sa fille ! Quel cruel scandale cela ouvrirait dans l'existence du comte !

Puis il se tourna vers le mur où se trouvait fixée une carte de Paris et de sa proche banlieue. Il prit une épingle et la planta devant l'Hôtel-Dieu.

— Ici, votre point de départ. Je vous écoute. Qu'avez-vous entendu en premier lors de votre trajet.

Aglaé ferma les yeux.

— Plus loin, un marché... Des fleuristes qui se battaient sur le prix de leurs roses.

Villefort claqua des mains. Il connaissait Paris comme nul autre.

— Le marché de Bastille, évidemment.

Il posa une deuxième épingle à cet endroit sur la carte.

— Et ensuite ? Concentrez-vous bien.

— Une odeur... Une odeur très forte de charbon brûlé...

— Oui, oui... L'établissement de fonderie des frères Hatier sur la place du Trône...

Il piqua à nouveau sa carte.

— Nous nous éloignons du centre, bientôt nous sortirons de Paris... Dites-moi, vous n'avez pas traversé, une dizaine de minutes plus tard, un fort secteur pavé qui vous aurait fait claquer la mâchoire ?

Le visage d'Aglaé s'illumina.

— Si ! Précisément !

— Et ensuite ? demanda le commissaire.

— Ensuite, la diligence a ralenti. Et nous sommes arrivés.

Alors Villefort posa le doigt sur les contours dessinés d'un monument historique.

— Eh bien, c'est que votre mystérieux lord anglais habite à Vincennes, près du château. C'est indéniable à présent ! Vite, vite, suivez-moi !

Il n'était pas le genre de policier à perdre son temps en vaines palabres, le Villefort.

Il sauta à la suite d'Alexandre et d'Aglaé dans un fiacre de la police et ordonna au chauffeur de les emmener à Vincennes en respectant un trajet bien précis.

Aglaé, sur le chemin, retrouva bien les mêmes sensations, cette fois à visage découvert et ses longs cheveux au vent. Alexandre, même s'il s'était montré moins attentif, en recomposa quelques-unes.

Ils arrivèrent donc à Vincennes, après le long secteur pavé. Ce fut au tour du jeune mousquetaire de prendre le relais d'Aglaé, puisque lui seul avait très distinctement vu la façade de l'hôtel particulier du lord. Ils arpentèrent les rues, Alexandre au summum de la concentration.

— Alors ? Alors ? s'enquérait le commissaire.

Ils tournèrent, passèrent devant le château, le contournèrent, longèrent le début du grand bois qui s'étendait à perte de vue.

Et puis Alexandre la vit, cette fichue façade. Au-devant d'eux, les pierres de taille grises et les fenêtres en ogive !

— C'est ici ! souffla l'adolescent.

Villefort n'attendit même pas que le fiacre s'arrête. Il descendit et se rua dans l'escalier. Il frappa et, puisque personne ne répondait, il poussa la porte, qui s'ouvrit aussitôt.

— Police générale ! hurla-t-il.

Aglaé et Alexandre le suivirent. La voix de Villefort avait résonné dans le hall en marbre. Résonné, résonné… en un écho infini. Car l'hôtel particulier si richement meublé et décoré lors de leur première visite avait été vidé. Il ne restait plus rien.

— Appelez des renforts locaux ! cria le commissaire à son chauffeur.

Tout avait été vidé, déménagé, en trois heures de temps ?

« Un prodige ! Un mystère ! » pensèrent les deux adolescents.

Plus rien dans la bibliothèque, plus de livres, plus de bibliothèque même ! Plus de canapé, rien, rien, le vide absolu.

— Boudoux, la cave ! hoqueta Alexandre.

Ils redescendirent aussitôt tous les trois le large escalier en colimaçon. Ils accédèrent au sous-sol en terre battue, passèrent plusieurs portes. Sous l'effet de l'angoisse, Alexandre ne parvenait pas à se rappeler où se situait précisément la cellule de Boudoux.

Et puis il aperçut une porte ouverte, à quelques pas de lui.

Il s'y précipita en premier, suivi par Aglaé.

Boudoux ! Boudoux face contre terre ! Désenchaîné.

Boudoux immobile.

Comme mort !

CHAPITRE 20

Le commissaire Villefort se précipita auprès du prisonnier inanimé tandis que les deux mousquetaires, toujours en costume, restaient interdits sur le seuil de la cellule.

Le policier retourna l'homme pour le mettre sur le dos. Et, lorsqu'il découvrit son visage, il eut un fort geste de recul, il cria un « Non ! » qui venait du tréfonds de son être, et se cacha les yeux. Ce fut bref, mais d'une intensité folle. Car, en sentant les regards éberlués des deux adolescents dans sa direction, il parvint aussitôt à discipliner les traits de son visage qui se fit masque.

Aglaé demanda, la voix chevrotante, trop choquée pour relever la réaction du commissaire :

— Est-il seulement évanoui ou bien… ?

Villefort se pencha et colla son oreille contre l'énorme cage thoracique de l'individu. Il resta là une vingtaine de secondes avant de se relever.

— Cet homme est mort, dit-il alors.

Aglaé se jeta dans les bras d'Alexandre qui, confronté à cette nouvelle, ne trouva guère la force de la soutenir.

Il avait déjà à se soutenir lui. Boudoux, mort ! Cette force de la nature ! Non, non, c'était impossible !

Ils entendirent une cavalcade de pas pressés au-dessus d'eux. Une dizaine de policiers en uniforme venaient de se déployer dans la demeure.

— Qu'on amène un brancard pour ce malheureux ! hurla Villefort.

— Où allez-vous le conduire ? demanda Alexandre.

— Connaissez-vous de la famille à cet homme ? demanda le commissaire.

Alexandre lui assura que oui, toujours tremblant. Une tante, qui dirigeait le bureau de poste à Villers-Cotterêts.

— Bien, alors nous ne le conduirons pas à la morgue mais dans les locaux de la police générale. Sur mon territoire. Je vais demander à mes collègues de Picardie de prévenir cette dame.

Deux policiers descendirent avec un brancard. Mais, devant la carrure de la victime, ils en appelèrent deux autres en renfort.

Villefort dicta ses consignes. Point besoin de l'emmener à la morgue, sur l'île de la Cité. On ferait patienter la dépouille au poste de police du quai Saint-Bernard.

— Il ne s'agit pas là de la procédure réglementaire, osa un policier du cru, qui ne se trouvait donc pas sous les ordres directs du commissaire.

Ce dernier sentit ses moustaches friser devant cet acte de rébellion.

— Et le soufflet que je vous adresserais bien pour vous punir de votre outrecuidance, tonna Villefort, serait-il réglementaire lui ?

L'autre baissa la tête et obtempéra. Les quatre hommes en uniforme chargèrent le corps de Boudoux sur la civière et eurent beaucoup de mal à manœuvrer dans l'escalier en colimaçon.

Alexandre et Aglaé, au comble de la tristesse, prirent à leur tour congé de cet hôtel particulier de malheur. Ils retenaient leurs larmes à grand-peine.

— Point de Wilmore ! dit Villefort une fois dehors.

Il faisait nuit à présent, et le pâle éclairage à gaz public conférait aux deux adolescents et aux commissaires des figures verdâtres de morts-vivants.

— Je ne comprends rien à tout cela ! continua-t-il. Vous dites qu'ici tout était richement meublé. Et il n'y a plus un meuble. Plus rien. Vous souhaitiez retrouver votre ami vivant et libre, mais il est mort !

— Notre ami était bien là, nous ne vous avons pas menti ! parvint à articuler Alexandre, au bord des larmes.

— Oui, mais aucune trace de votre lord, rien ! Ce « Boudoux », comme vous dites, vous auriez très bien pu le traîner ici avec quelques complices.

— Pour quelle raison ? demanda Alexandre. Nous l'aimions, Boudoux !

Le commissaire haussa les épaules.

— Je n'en sais rien encore. Vous êtes exténués et sous l'émotion du décès de votre ermite, là. Et il y a de quoi, après tout. Nous allons retourner au poste de police et je ferai prévenir votre mère… Elle assistera à votre déposition, car je compte bien vous faire déposer tous deux officiellement. Il faudra voir aussi ce que l'administration et le comte Danglars vont vous réclamer pour l'indemnisation des dégâts causés.

Certainement plus que vingt-cinq louis. Marie-Louise ne pourrait pas payer et ce serait la fin ! La fin de tout ! Chaque aventure a un prix, Alexandre le savait. Mais celui-ci était lourd, trop lourd…

Sur le trajet du retour, Alexandre se jura de se contenter, dès son retour en Picardie, des aventures de papier, bien moins coûteuses, bien moins dangereuses. Surtout, il pouvait tout décider à sa guise, et ce n'est certainement pas lui qui aurait choisi de faire mourir ce pauvre Boudoux dans un récit. D'ailleurs était-il mort de fatigue ou bien assassiné ? Son corps ne semblait pas marqué d'une quelconque blessure…

Il en restait, pourtant, des mystères à éclaircir ! La terreur des sœurs Rigolot, l'usage du souterrain du puits, les révélations de Wilmore… et la mort de Boudoux.

Les deux adolescents regagnèrent donc le bureau du commissaire après cette triste escapade vincennoise. Le trajet en fiacre fut bien morne, surtout que leur voiture précédait celle qui contenait le corps de l'ermite. On le déchargea d'ailleurs assez rapidement pour l'entreposer dans une petite pièce vide au rez-de-chaussée.

Il se passa une bonne heure, durant laquelle il sembla à Alexandre s'être quelque peu assoupi. Puis Villefort déclara que sa mère venait d'être mise au courant, enfin, et qu'elle était en route vers le poste de police du quai Saint-Bernard.

— Est-ce que l'un de vous deux est agile avec des crayons ? demanda alors Villefort.

Il venait de pousser sur son bureau, dans la direction des deux adolescents, deux grandes feuilles de papier ainsi que deux crayons graphite.

— Je veux dire… Est-ce que l'un d'entre vous, Alexandre Dumas, Aglaé Tellier, l'un d'entre vous donc, serait assez doué pour dessiner avec le plus de détails possible la figure et la silhouette de ce lord Wilmore ?

Aglaé se proposa, sans conviction.

— Vous, Alexandre, vous pourriez dresser un plan de l'hôtel particulier de l'Anglais, pièce par pièce, avec l'aménagement.

— L'Anglais, c'est vite dit, marmonna Alexandre.

— Plaît-il ?

— Son accent, il ne l'avait plus lorsqu'il a fait cet esclandre chez le comte Danglars.

Un mystère de plus sur la liste.

Villefort hocha la tête.

— Oui… Je me demande cependant si votre accent, à vous deux, est aussi celui de la vérité !

Les adolescents se mirent en action. Mais cela ne dura guère de temps. Un cri les fit sursauter.

— Le mort ! entendirent-ils. Le mort s'est réveillé !

— Encore un qui va m'entendre pour avoir trop tâté de la dive bouteille ! s'énerva Villefort, qui ouvrit sa porte en la claquant.

— Commissaire ! reprit la voix. Vite… Venez voir !

Alexandre et Aglaé laissèrent tomber leur crayon et se ruèrent à la suite du commissaire. Un mort qui se réveille, c'était impossible. Mais, avec Boudoux, pouvait-on savoir…

Et, en effet, le cadavre de Boudoux n'était plus allongé dans la petite salle où il avait été entreposé !

CHAPITRE 21

— Mais par quel prodige ? demanda le commissaire.

Il entra dans la pièce, tendant le nez comme pour flairer la piste du cadavre.

— Si c'est une mauvaise blague de l'un d'entre vous… jeta-t-il à la face de ses hommes, qui le regardaient avec effroi.

Alexandre et Aglaé reprirent espoir. Un récit revenait à la mémoire de l'adolescent, lecteur compulsif. Celui d'un fakir indien capable de retenir sa respiration durant plus de deux heures sans pour autant perdre la vie. Il avait lu cela dans un roman, sous la plume d'un écrivain, certes, mais peut-être était-ce un roman fort documenté ?

Boudoux, le fakir de Picardie ! Si seulement…

— Allez donc ! tonna Villefort. Ne restez pas là immobiles comme des barriques de vin ! Cherchez !

— Mais chercher quoi, monsieur le commissaire ? se hasarda l'un d'eux. Cet homme était mort…

— C'est qu'on aura enlevé son cadavre, fouillez, cherchez aux alentours… D'ailleurs, moi, j'y vais de ce pas.

Villefort réajusta sa redingote verte et prit la direction de la sortie du poste de police à grandes enjambées. Mais il s'arrêta net pour se retourner et lancer à l'intention des deux adolescents :

— Vous, allez attendre votre mère dans mon bureau ! Et continuez votre travail, vos dessins !

Alexandre et Aglaé obtempérèrent sans mot dire. Que Boudoux soit vivant ! Qu'il soit même loin et vivant ! Quel soulagement si telle était la vérité.

Mais Boudoux n'était pas loin en réalité.

Aglaé cria en découvrant le colosse dans le bureau de Villefort, occupé à farfouiller dans un tiroir qu'il venait de fracturer à en juger par son état.

Leur ami posa un doigt complice sur sa bouche pour demander le silence. Hélas, le mal était fait et le cri avait produit son effet.

Deux policiers en uniforme rappliquèrent aussitôt, suivis par le commissaire en personne. Jouant de la surprise, Boudoux, sans un mot, sans un sourire, sans un geste, bouscula Alexandre et Aglaé puis les trois hommes pour s'extraire du bureau. Il courut vers la sortie sans subir la moindre attaque. Il portait un dossier de couleur noire à la main.

Boudoux était bien vivant !

— Emparez-vous de cette créature du diable ! hurla le commissaire Villefort.

CHAPITRE 22

Villefort était en fureur. Comment avait-il pu se faire berner de la sorte ?

Boudoux courait vite pour un mort, bien trop vite pour les policiers lancés à sa poursuite et qui s'époumonaient dans leurs sifflets sous le regard ahuri des badauds. La force de la nature avait repris le dessus. La résurrection était totale !

L'ermite, qui tenait toujours le dossier à la main, longeait à très vive allure les quais de Seine en direction de la cathédrale Notre-Dame. Aglaé et Alexandre avaient pris part à la course et le poursuivaient en l'appelant à intervalles réguliers. Mais le fuyard ne se tourna pas, il n'eut pas un regard pour eux, obsédé par sa fuite.

Les troupes de la police grossissaient à vue d'œil sur le quai, derrière et devant lui. Mais il avait un plan. La Seine coulait en contrebas, de l'autre côté du parapet. Une petite trempette dans l'eau glacée, rien de tel pour réveiller définitivement un mort.

Boudoux enjamba le petit muret de pierre et se laissa glisser. Il n'avait alors qu'une intention : ne pas mouiller le dossier, le tenir émergé coûte que coûte durant sa traversée du fleuve. Le courant n'était pas fort à cette saison, et il avança donc en diagonale vers le quai qui allait lui donner accès au parvis de Notre-Dame.

— Tirez-lui dessus ! ordonna Villefort, qui dans la précipitation avait oublié son arme. Mais tirez !

Il se tenait devant le parapet et distinguait de plus en plus mal le fuyard. Comment voulez-vous viser un bras émergeant de l'eau, dans la pénombre, à cette distance.

Personne ne s'y risqua, de peur de toucher un badaud avec une balle perdue. Et aucun officier ne se montrait très chaud pour plonger dans l'eau froide.

Alexandre, lui, n'hésita pas une seconde. Parler avec Boudoux, lui demander des explications légitimes sur son comportement, c'était faire la lumière sur bien des mystères auxquels ils étaient confrontés !

— N'y va pas ! cria Aglaé.

Trop tard. Le mousquetaire avait sauté et nageait tant bien que mal vers l'ermite de Picardie. C'était précisément Boudoux qui lui avait appris les mouvements rudimentaires de la nage, en fin d'été dernier, dans un des plus grands étangs autour de Villers-Cotterêts, sur la route de Pisseleux. L'élève était à la poursuite du maître. Et il se débrouillait plutôt bien, même si chaque mouvement dans cette eau glaciale lui faisait l'effet de la morsure d'un animal féroce sur ses jambes, ses bras et son ventre.

Lorsque l'ermite émergea de l'eau, le dossier quasi immaculé, Alexandre n'était qu'à quelques mètres de la rive.

— Boudoux, appela-t-il à nouveau, Boudoux, arrête-toi !

Mais ce dernier continua sa course folle vers le parvis de la cathédrale. Alexandre le suivit, frissonnant comme jamais. Qu'aurait dit sa mère, que se serait-elle écriée en découvrant son garçon trempé, courant dans les frimas de cette fin d'hiver parisien ?

Le prix de l'aventure, douce mère !

Boudoux remonta toute la nef depuis l'extérieur, sans faiblir, et contourna le bâtiment pour y entrer par un des portails latéraux qui était resté ouvert à cette heure pour les fidèles tardifs.

Moment sacré pour Alexandre que sa première entrée dans ce lieu légendaire qui mériterait bien un roman à lui tout seul. Peut-être un qu'il écrirait plus tard, lui ou un collègue de plume. Que de mystères cachés entre ces lourdes pierres ! Que de merveilles pour vivre une aventure ! Mais il n'eut guère le temps de s'esbaudir de la richesse architecturale de l'endroit, des vitraux et des rosaces, sombres à cette heure, des voûtes, des vastes espaces et des statues.

Il vit le paletot de Boudoux happé par l'escalier de pierre en colimaçon qui montait sur la droite de la cathédrale.

Alexandre ne compta plus les marches après la centième, de peur d'ajouter le sentiment de vertige à son épuisement légitime. Il en monta pourtant trois cent quatre-vingt-sept et, arrivé tout en haut de la tour, il passa le bourdon, la grosse cloche qui, fort heureusement pour leurs tympans, ne sonnait pas à cet instant. Il continua, littéralement à bout de souffle. Il appela à nouveau son ami à mettre un terme à sa course. Que pouvait-il tenter à présent ? Se jeter sur l'ermite dans une ultime tentative ? Ils étaient dans la galerie des chimères, seuls avec les gargouilles et les stryges de pierre… Tous ces monstres menaçants que la nuit pourrait inspirer afin qu'ils prennent leur envol.

Alors, puisque Boudoux semblait avoir enfin ralenti son allure, Alexandre mobilisa ses ultimes forces pour accélérer une dernière fois. Il se rapprocha à quelques centimètres et sauta. Il parvint à accrocher le paletot de l'ermite, mais celui-ci réussit à se dégager.

Alexandre tomba sur le sol de pierre. Il sentit une très vive douleur au coude droit. Il ahanait, incapable du moindre mouvement.

Boudoux s'était volatilisé dans la nuit.

Redescendu ou bien parti sur le dos d'une stryge ?

Le mousquetaire n'était pas parvenu à rattraper son ami, ni à lui faire entendre raison. Il était seulement arrivé à lui voler un bout d'étoffe de son paletot. Un bout d'étoffe sur lequel, étrangement, sur l'envers, on avait cousu un curieux morceau d'une mousse épaisse faite dans une matière qu'Alexandre n'avait jamais vue, jamais touchée auparavant.

Il avait échoué sur toute la ligne.

Du moins le croyait-il à cet instant.

CHAPITRE 23

Pourquoi Boudoux avait-il sciemment refusé le contact près de la grosse cloche ? Et, plus loin, dans la galerie des chimères ? Pourquoi l'ermite, si affectueux avec Alexandre, n'avait-il pas eu une parole, ni même un simple geste, pour son jeune ami ?

Aglaé, le commissaire Villefort ainsi qu'une poignée de ses hommes le retrouvèrent sur le parvis de la cathédrale, qui se vidait lentement à cette heure de la soirée. Ils avaient effectué le grand tour, par le Châtelet, et Alexandre avait eu tout le temps de redescendre les marches d'un pas morne et fatigué. Aussitôt, Aglaé l'enveloppa dans une veste épaisse qu'elle avait empruntée à un policier. Le jeune mousquetaire grelottait toujours, et, pour parachever le tableau, il s'était mis à tomber sur le centre de Paris une bruine froide et collante.

Il raconta son insuccès, exhibant sans gloire le morceau de paletot arraché à Boudoux. Aglaé s'attarda longuement sur cette étrange couche de mousse. Elle non plus n'avait jamais observé une telle matière auparavant.

— Permettez-moi de faire main basse sur votre découverte, Alexandre !

Villefort lui arracha le tissu des mains.

— Je me donne pour mission de faire parler ce tissu. Et ce, avant que le soleil se lève à nouveau sur la plus belle ville du monde !

Les deux aventuriers ne comprenaient pas quelles raisons avaient poussé Boudoux à se faire passer pour mort – et parfaitement avec ça – afin de s'introduire dans le poste de police et voler quelques papiers appartenant au commissaire Villefort. Pourquoi l'ermite faisait-il tout cela ? Lui si peu intéressé d'ordinaire par les grandes choses de la société, mais juste par sa chasse et sa pêche…

Alexandre soupira. Il sentait bien là que leurs aventures allaient se terminer. Il allait retrouver sa mère Marie-Louise au poste de police. Et ils rentreraient au Mesnil, puis en Picardie, avec une drôle de punition pour avoir fait de Passy un véritable capharnaüm en fin d'après-midi. Mais Alexandre n'était pas triste que pour sa petite personne. Aglaé comptait tellement pour lui. Et il y avait eu ce geste et ces paroles insensés du faux – il osa le mot – lord anglais à propos des origines de la demoiselle Tellier. Tellier, une simple famille d'accueil ? Aglaé au cœur d'un règlement de comptes familial dans la haute société parisienne du début de ce XIXe siècle… Lié à la tragédie des sœurs Rigolot ? Au souterrain ? À Boudoux ? Le jeune Dumas voyait bien que sa compagne d'aventure avait été touchée par les évènements du jour. Elle tentait de ne rien laisser paraître, parce que c'était une jeune fille au caractère fort, plus fort peut-être encore que le sien, mais il lisait ce sentiment de gêne inouï dans ses yeux, comme un voile derrière la pupille, qui les rendait plus ternes qu'à l'accoutumée. À cet instant, il entrevoyait deux solutions pour redonner quelque joie à Aglaé. La première serait de faire la lumière sur tous ces mystères, de trouver le lien qui les unissait. Hélas, ils en étaient bien loin ce soir. La seconde consistait à ce qu'Alexandre se décide enfin à embrasser fougueusement Aglaé pour lui prouver son amour. Cela détournerait les pensées de la jeune fille vers un sentiment beau et doux, aux vertus puissamment curatives. Mais pour cela encore faudrait-il trouver le moment et en avoir le courage. Qu'il était difficile d'aimer à onze ans une jeune fille qui en possédait quatre de plus que vous !

Une exclamation sortit Alexandre de ses pensées. Un prêtre voûté, presque bossu, vêtu d'une chasuble blanche, sortait de la grande porte tout à gauche de la cathédrale en criant des sons inintelligibles et en effectuant de grands moulinets avec les bras.

— Il y a un brigand à l'intérieur ! hurla-t-il en se hâtant vers les policiers comme s'il venait de voir le diable.

Aussitôt les policiers se dirigèrent vers la cathédrale à très grandes enjambées. Boudoux se trouvait peut-être encore dans l'édifice religieux ! Villefort se joignit aux forces en présence, sans se soucier de laisser les deux gamins seuls et sans surveillance.

— Fuyez ! dit alors le prêtre. Mais fuyez donc, inconscients ! Il n'y a pas plus de brigand dans la nef de Notre-Dame que de diamants dans ses troncs !

Mais Alexandre et Aglaé n'en avaient plus ni la force ni le cœur. Alors le prêtre haussa les épaules et s'en alla, sans plus claudiquer, jusqu'à une petite ruelle perpendiculaire au parvis où il fut happé par une ombre.

Curieux, tout de même, ces boitements et ces accents qui apparaissaient et disparaissaient selon le bon vouloir de leur possesseur.

Curieux, aussi, ce prêtre qui présentait sur la paupière droite la même boursouflure que lord Wilmore.

Et la même boursouflure que… Mais oui !

Boudoux !

Alexandre sentit à nouveau un torrent de force emplir et couler dans ses veines.

— Aglaé ! Ce prêtre, comme lord Wilmore, comme Boudoux… Ils présentent tous la même boursouflure sur la droite du visage, près de la paupière.

— Je n'ai pas fait attention, lui répondit son amie.

— Eh bien moi, si ! Et je peux te l'assurer. Réfléchissons, Aglaé. Et si ces trois-là ne formaient qu'une seule et même personne ? En y repensant, nous n'avons jamais vu Boudoux en présence de lord Wilmore. Il avait prétexté une affaire urgente lors de notre première descente à la cave de l'hôtel de Vincennes ! Et ce prêtre, qui sort de Notre-Dame en nous disant qu'il n'y a pas de brigand dedans, tandis que Boudoux y est entré quelques instants auparavant…

— Boudoux, chuchota Aglaé, l'homme aux mille visages. Cela ferait un titre splendide pour un de tes récits.

Avait-il au moins réussi à la distraire ? Alexandre sentait là qu'il tenait un début de solution à tous ces mystères qui se présentaient à eux, tels des dominos dans ce jeu qui consiste à faire tomber le premier pour que tous les autres suivent.

— Moi, continua Aglaé, j'ai remarqué le gros grain de beauté que Boudoux possède sur la joue droite et que ne possèdent ni le lord ni le prêtre.

— Un grain de beauté, cela peut se dissimuler avec une grosse couche de fond de teint. D'ailleurs, si tu te rappelles bien, Wilmore en était littéralement couvert ! Mais dissimuler une boursouflure près d'un œil, c'est autrement plus compliqué, sous peine de condamner l'usage de cet œil !

Ce travail de mémoire sur le visage de Boudoux rappela à Alexandre un moment. La réaction du commissaire Villefort en découvrant la tête de Boudoux jouant le mort tout à l'heure ! Il avait eu un fort mouvement de recul, signe d'une surprise profonde, signe qu'il connaissait Boudoux, ou tout du moins que cette tête lui rappelait quelqu'un.

Mais d'ailleurs, ces deux-là étaient peut-être complices. Car qui avait déclaré l'ermite de Picardie décédé sinon le seul Villefort ?

Que de suppositions ! Comment démêler le vrai du faux à présent ?

Le jeune garçon ne grelottait plus. Il avait repris une belle confiance en lui, en sa mémoire, en ses talents, en ce qui ferait de lui un écrivain lu et respecté à n'en point douter !

Il apostropha le commissaire qui revenait de Notre-Dame le visage fermé. Évidemment, il n'avait passé les menottes à aucun brigand.

— Monsieur le commissaire, commença Alexandre, pourquoi cette surprise en découvrant Boudoux tout à l'heure, dans la cave… Le connaissiez-vous auparavant ?

En fin escrimeur, Alexandre avait tenté une attaque directe. Les plus difficiles, certes, mais les plus efficaces surtout.

— Mais de quoi te mêles-tu, petit voyou ! hurla Villefort, qui avait utilisé là le tutoiement pour la première fois. Allez, je vous ai assez vus pour aujourd'hui et pour les dix années à venir. Nous rentrons au poste de police. Ta mère doit nous y attendre, folle d'inquiétude. Pauvre femme... Avec un gosse comme toi, elle ne doit pas être à la fête tous les jours...

Au poste, Marie-Louise était là en compagnie de Crétet, le cocher. Elle tomba dans les bras d'Alexandre, qui était toujours trempé. Elle pleura un peu, avant de se reprendre devant la figure inflexible de Villefort. Les bras croisés, il attendait de la mère, détentrice de l'autorité parentale, autre chose que de médiocres pleurnichements.

— Votre fils et son amie ont commis bien des infractions, ma chère madame Dumas.

Alors Marie-Louise se sécha les yeux et regarda durement son fils. Elle eut cette phrase qui foudroya Alexandre :

— Ton père n'aurait pas été fier de toi aujourd'hui.

De cela, le jeune garçon n'était pas persuadé.

— Pour le reste, monsieur le commissaire, dit Marie-Louise, nous réglerons nos affaires de famille en famille, si vous le voulez bien. Vous donnerez à ce M. Danglars mes coordonnées afin que nous discutions des suites à donner aux délits de mon fils et de son amie.

Villefort approuva cette décision.

Et Alexandre, Aglaé, Marie-Louise et le cocher prirent la direction du Mesnil. Ils arrivèrent peu avant minuit.

Cette nuit-là, les deux mousquetaires dormirent peu.

Aglaé ressassait les paroles de Wilmore et n'arrivait pas à se défaire du doux visage de la comtesse Mercédès Danglars.

Alexandre, lui, comptait les Boudoux comme d'autres comptent les moutons.

CHAPITRE 24

Le lendemain matin dès six heures, à lune couchante, Alexandre se glissa dans la chambre de sa mère pour lui emprunter quelques pièces de monnaie. Tant pour se faire pardonner que pour égayer quelque peu ce morne matin, il avait la ferme intention d'aller acheter du pain frais à la boulangerie. L'irrésistible odeur de la cuisson de cette pâte de blé le saisit tout entier tandis qu'il approchait de la boutique.

Mais il sentit alors une autre odeur, plus prégnante encore que celle du pain, une senteur à laquelle lui, pourtant gourmand et gourmet, était plus attaché encore.

Celle du papier fraîchement imprimé d'encre encore humide.

L'odeur des journaux du matin.

Et, justement, Alexandre croisa la route d'un vendeur des rues qui s'apprêtait, sa pile de journaux sous le bras, à arpenter les rues du centre du Mesnil pour trouver quelques hommes que la marche inexorable de leur pays intéressait.

Le vendeur, qui se prénommait Albert, devait être encore plus jeune qu'Alexandre. Neuf, dix ans tout au plus.

— Les nouvelles sont comment, ce matin ? demanda le jeune mousquetaire.

L'autre haussa les épaules.

— Lourdes.

Alexandre rit de bon cœur.

— On parle des Cosaques dans ton journal ?

— Je n'en sais fichtrement rien, bourgeois. Je ne sais même pas lire.

Alexandre lui demanda un exemplaire.

— Laisse-moi juste jeter un coup d'œil.

— Le patron ne veut pas.

— Et tu te trompes, je ne suis pas un bourgeois, je suis un garçon du peuple, tout comme toi.

L'autre ricana.

— Oui, avec ton petit costume bien propret, certainement...

— L'habit ne fait pas le prêtre, ni le lord, ni même l'ermite, tu peux me croire sur parole.

— Je ne comprends rien à ce que tu me racontes. Maintenant, laisse-moi travailler.

— Je veux juste lire les gros titres...

Le gamin les lui montra, pour avoir enfin la paix et pouvoir ainsi commencer sa tournée.

Le premier titre, qui s'étalait en gras, sur quatre colonnes, à la une du *Journal de Paris*, fut comme un véritable uppercut du gauche pour Alexandre :

« Un scandale familial touche le comte Danglars. »

Puis, en plus petit, plus bas, un autre titre fut celui-là comme un direct du droit pour le jeune mousquetaire :

« Le commissaire Villefort de la police générale accusé d'être un ancien malfrat, condamné pour vol. La préfecture de police dément. »

Alexandre ne se tenait plus debout dans la rue. Il était ailleurs. Dans un monde où les deux éminentes personnes avec qui il avait passé la journée d'hier se retrouvaient toutes deux à la une du premier quotidien de France !

Il jeta quelques pièces à l'intention du livreur, bien décidé à lire les articles dans le détail. Et il commença en retournant vers l'auberge, à pas lents. Il en oublia d'acheter le pain.

Il lut les deux articles sur le retour. À l'auberge, Aglaé et Marie-Louise étaient debout tandis que Mlle Adélaïde dormait toujours.

— Mais où donc étais-tu encore passé, Alexandre ? demanda sa mère, en essayant de ne pas s'emporter.

Alexandre, le visage empourpré, au comble de la colère, ne répondit rien et fila dans sa chambre sous les combles. Là, sur son lit encore défait, il déplia les journaux et relut le contenu des articles. Chaque mot le blessait dans son âme et dans son corps.

Aglaé ! Aglaé, adoptée par les Tellier ! Aglaé, la fille illégitime d'une comtesse parisienne ! La demi-sœur du jeune Edmond ! Son nom était cité, des pans entiers de sa vie, des renseignements sur ses lieux de résidence étaient donnés en pâture à n'importe quel quidam de lecteur !

Mais comment des journalistes pouvaient-ils se comporter ainsi ? Pour l'imagination, il existait le roman, pardieu ! Et cela depuis la nuit des temps !

Et puis, l'article sur le commissaire Villefort était aussi édifiant ! Car il n'était fait état d'aucune preuve tangible sur sa culpabilité passée, sur son emprisonnement subi. Le journal disait détenir des documents, mais aucun n'était reproduit ni mentionné dans les colonnes du *Journal de Paris*.

On frappa doucettement à la porte.

— Alexandre ?

C'était la voix d'Aglaé.

— Alexandre, es-tu malade ?

Marie-Louise se tenait aussi derrière la porte.

— Non, je vais bien, dit-il.

Alors elles entrèrent. Le jeune garçon eut tout juste le temps de fourrer en boule le journal sous son lit. Il n'était pas question qu'Aglaé découvre cet article ce matin, s'aperçoive de sa célébrité subite et subie, ici et maintenant. Ah, ces directeurs de journaux ! Ce sont eux les vrais brigands, pensa Alexandre. Mais, s'ils cherchaient des histoires, eh bien il leur en écrirait ! Il en avait déjà des dizaines à leur proposer !

— Tu as une mine défaite, Alexandre, ce matin, dit Marie-Louise en se dirigeant vers son fils. Je peux le comprendre. Et d'ailleurs, nous rentrerons à Villers-Cotterêts dès ce soir.

— Après ma visite à Paris ! lâcha le jeune garçon.

— Une visite ? À Paris ? s'étouffa Marie-Louise Dumas. Ah ça non, Alexandre, tu as déjà fait assez de dégâts jusqu'à maintenant ! Je te l'interdis.

Mais le jeune mousquetaire avait à nouveau enfilé ses bottines.

— Tu n'obtiendras pas mon autorisation ! ajouta sa mère.

— C'est que je ne vous la demande pas ! Il s'agit là d'une question d'honneur.

— D'honneur ? hoqueta Marie-Louise. S'agit-il encore de défendre le nom de ton père ?

— Non, dit Alexandre.

Il hésita à se lancer. Et ce fut avant de claquer la porte qu'il en trouva le courage :

— Pas le mien. Celui de la femme que j'aime.

CHAPITRE 25

Alexandre trouva Crétet, leur cocher, qui était en train de nourrir ses deux chevaux au relais de poste situé devant l'auberge. Il lui demanda de le conduire rue Plâtrière, dans le centre de Paris.

— Au siège du *Journal de Paris*, précisa-t-il d'un ton particulièrement décidé.

— Mme Dumas est-elle au courant ? s'inquiéta l'homme.

— Mme Dumas, répondit Alexandre, j'en fais mon affaire. Si tu te sens d'attaque, je pense que tes chevaux sont assez reposés pour couvrir les neuf lieues jusqu'au journal.

Crétet ne détestait rien de plus sur cette terre que l'inaction, aussi sauta-t-il aussitôt dans la charrette après avoir attelé ses bêtes. La voiture pour le moins rudimentaire contrastait du tout au tout avec la luxueuse diligence de lord Wilmore.

Ils mirent un peu plus de deux heures pour parvenir au siège du *Journal de Paris*. Ils se trouvèrent à plusieurs reprises bloqués par des voitures de livraison dès leur arrivée dans Paris.

— Cette ville aurait besoin d'une bonne éventration ! pesta le cocher.

À l'instant d'entrer dans les locaux du quotidien, Alexandre pensa à Pyrame, son chien, qui devait se languir de lui, là-bas, seul, à Villers-Cotterêts. Il aurait aimé l'avoir à ses côtés, ici, pour s'en servir comme d'une menace. Oh, la bête était incapable de se montrer méchante mais son encolure et son gabarit en imposaient.

— Hé ! Où vas-tu, mon fils ? demanda un homme à l'entrée du petit immeuble.

— Je ne suis pas votre fils, grinça Alexandre.

Il se ressaisit. Pas d'agressivité avant d'avoir trouvé le bureau du directeur. Il fallait savoir être économe de son mépris eu égard au nombre de nécessiteux. Il avait lu cela quelque part, quelques semaines auparavant.

— Je viens prendre des exemplaires du journal du matin pour le vendre aux Halles.

Il est vrai qu'elles se trouvaient à quelques pas.

— Tu arrives bien tard, mon enfant, dit l'homme. Et puis tu devrais savoir que c'est au dépôt qu'il faut passer pour prendre tes exemplaires.

— Non, non, on m'a dit que je pouvais passer rue Plâtrière.

Alexandre ne se laissa pas démonter et entra plus avant dans la rédaction du journal. Il n'eut guère de mal à trouver la porte du directeur, un certain M. Morcerf. Il s'agissait du seul bureau qui était séparé du reste de l'espace par une porte et il était tapissé d'une sorte de cuir vert sur les quatre murs. Il entra sans même frapper puisque la porte était grande ouverte.

— Qui vous a rapporté l'information à propos de Mlle Aglaé Tellier ? attaqua-t-il franchement.

L'irruption de ce gamin dans son bureau ne semblait pas bouleverser outre mesure le dénommé Morcerf. Il leva la tête d'un papier qu'il était en train de lire attentivement à l'aide de fines bésicles posées sur son nez. L'homme semblait vieux par ses rides et la couleur de ses cheveux mais surtout encore bien valide, solide et robuste.

— Et toi ? répondit le directeur en se replongeant dans son papier. Qui t'a donné l'autorisation d'entrer dans mon bureau ?

— C'est que je vous demande en duel, cher monsieur ! Je vous laisse le choix de l'arme et du lieu.

Le directeur pouffa.

— Allez, allez, petit… Tu vois bien que nous avons du travail ici… À présent laisse-moi !

— Vous refusez ma demande ? questionna Alexandre.

— Oui, évidemment ! A-t-on déjà vu un boucher embrocher un poussin ? Non, eh bien donc je te demande à nouveau de sortir. Et, la prochaine fois, je te prendrai par la peau du cou pour me faire respecter.

— Qui vous a rapporté l'information à propos de Mlle Aglaé Tellier ? demanda à nouveau Alexandre.

— Cela ne te regarde absolument pas. Tu n'es pas Aglaé Tellier, jusqu'à preuve du contraire. Et je crois bien que, même à elle, je ne délivrerais rien de mes sources à ce sujet. Maintenant, déguerpis !

— Venez donc me chercher ! dit Alexandre, qui s'approcha du bureau.

Morcerf commençait à en avoir assez.

— Mais enfin, pourquoi veux-tu connaître cette information ?

Et puis, soudainement, la physionomie du directeur changea du tout au tout. Il se fit plus soucieux, moins fanfaron.

— Ne serais-tu pas le camarade de cette Aglaé ? Le gamin déguisé en mousquetaire qui a déchiré le costume du comte Danglars et qui l'a défait de son épée lors d'un combat dans sa salle de bal ?

Alexandre effectua une courbette.

— Lui-même. Le jeune Alexandre Dumas en personne. Et je suis venu vous voir ce matin avec la ferme intention de savoir si vous possédez réellement les documents nécessaires pour mettre en doute l'honneur de ma meilleure amie.

L'identité de cet adolescent changeait quelque peu la perception de Morcerf. Danglars n'était pas le dernier des derniers pour ce qui était de manier l'épée. C'est que ce gamin pouvait être dangereux.

— Fiche le camp maintenant ou j'appelle la police, lâcha Morcerf. Je n'ai plus envie de jouer !

Et puis il se rappela que cet Alexandre Dumas, là, qui se tenait devant lui, les mains posées sur les hanches, dans cette attitude et avec cet air de défi, avait détruit plusieurs fiacres de la police générale, la veille, lors d'une course-poursuite mémorable pour les habitants de Passy. Or, il possédait deux pistolets dans le dernier tiroir de droite de son bureau. On n'est jamais trop prudent. Quant aux documents que lui avait confiés sa source, ils étaient entreposés dans son coffre-fort personnel, derrière son fauteuil. Il jeta un coup d'œil aux deux endroits pour se rassurer.

— C'est intéressant, constata Alexandre, qui n'avait rien perdu du cheminement intellectuel du directeur du journal. Les documents se trouveraient donc dans le coffre-fort situé derrière vous. Et dans le tiroir de votre bureau… Un ? Deux pistolets ?

Morcerf se rua vers eux, mais Alexandre fut le plus prompt. Il avait anticipé l'envie manifeste de l'adulte. L'adolescent s'empara des pistolets et les braqua sur la poitrine de son interlocuteur. Pour la première fois de sa vie, lui, le chasseur émérite, visait un homme et non un gibier.

— Allez fermer la porte sans faire d'esclandre, sans rien dire.

— Tu vas le regretter, marmonna Morcerf en s'exécutant.

En toute simplicité, Alexandre avait pris place dans le confortable fauteuil en cuir du directeur, et, tout en gardant un pistolet braqué sur la poitrine de son hôte, il usa de son autre main pour ôter la balle que contenait l'arme. Il l'ouvrit pour en extraire la poudre noire, qu'il dissémina dans un cendrier en métal contenant encore des cendres rougeoyantes de cigare.

— Puisque vous refusez de m'ouvrir le coffre, commença Alexandre, je vais le faire moi-même.

Morcerf croisa les bras. Il avait du cran, ce gamin. Ah ça oui ! Il en avait ! Dégourdi comme il était, il ferait un sacré bon journaliste dans quelques années.

Dumas. Comme le général. Un parent peut-être. Morcerf se jura de retenir ce nom.

— Mais tu ne vas tout de même pas faire sauter mon coffre avec cette poudre ? s'inquiéta Morcerf.

— Si, précisément. Voyez-vous, j'ai un ami… Ou j'avais un ami, c'est selon, qui m'a appris les rudiments de la chasse et de la pêche. Lui ne chasse que très rarement en faisant parler la poudre. Il préfère les manières douces. Mais il m'a appris quelques tours. Son nom est Boudoux, vous le connaissez ?

— Jamais entendu parler !

— Il est aussi connu sous le nom de lord Wilmore. Enfin, je le suppose.

— Ah ça oui ! Le fou qui a fait scandale chez le comte, hier !

Alexandre avait fini son petit bricolage. Il avait extrait le silex du chien des deux armes. Les deux pistolets étaient dès lors inoffensifs, mais il était trop tard pour que le directeur le gêne dans sa manœuvre.

— Nous y sommes, dit-il simplement. Restez là où vous vous trouvez, monsieur.

Rien ne pouvait l'arrêter à cet instant. Il était fait pour l'aventure. Il était fait pour aller au bout des mystères. Il était fait pour tenir tête aux adultes qui le méritaient parce qu'ils abusaient de leur puissance. Il avait cela en lui.

Il frotta les deux silex l'un contre l'autre, ce qui laissa échapper une prodigieuse étincelle, et les jeta aussitôt dans le cendrier posé tout près de la porte du coffre, en accompagnant ce geste d'un grand bond en arrière.

Le directeur ouvrit la porte à cet instant, et se jeta hors du bureau.

— Appelez la police ! hurla-t-il.

Son cri fut immédiatement suivi du tonnerre et de l'éclair d'une explosion.

CHAPITRE 26

Une odeur atroce de brûlé. Des rideaux en feu et toute une partie du cuir sur le mur. Des cris, des hurlements partout dans le journal et jusque dans la rue…

Et des sifflets de police en direction du siège du *Journal de Paris*.

Morcerf se releva. Il se dirigea péniblement vers son coffre-fort éventré. Des flammes orangées lui léchèrent le costume, aussi recula-t-il. Mais il eut le temps de voir que le dossier Aglaé Tellier et le dossier du commissaire Gaspard Villefort avaient disparu. Il n'entendait plus rien. La déflagration lui avait vrillé les tympans. Un de ses journalistes vint lui hurler une phrase à l'oreille et il n'en comprit pas un traître mot.

Et le gamin… Ce Dumas ? Où se trouvait le gamin ? Avait-il été pulvérisé dans l'explosion ?

Non, certes non. Alexandre était déjà loin, à bord de la carriole conduite de main de maître par Crétet. Lui aussi souffrait quelque peu, même s'il avait eu la présence d'esprit de se protéger les oreilles au moment de l'explosion. Mais il les avait, à présent, ces documents ! Il les possédait tous !

Et, lorsqu'il retrouva Aglaé et sa mère, au comble de l'anxiété une fois encore, dans leur chambre de l'auberge du Mesnil, il sortit le journal du jour de sous son lit et le déplia afin que chacune puisse se rendre compte de la situation.

Aglaé resta pétrifiée. Et Marie-Louise comprit, elle, pourquoi son fils s'était ainsi jeté dans l'aventure pour défendre la jeune fille !

Alexandre leur communiqua les dossiers dérobés au journal, qu'il avait lus attentivement sur le trajet du retour. Et tous ces papiers offraient bien un trait d'union, comme il l'avait espéré en se rendant coûte que coûte au siège du *Journal de Paris* le matin.

Ce trait d'union, c'était le nom de la source du directeur Morcerf.

Un certain... Spada !

Spada qui apportait la certitude des condamnations passées du commissaire Villefort.

Spada encore qui délivrait des indices tout à fait probants sur la famille naturelle de la jeune Aglaé Tellier.

Ce n'était plus simplement pour Alexandre un mystère lambda à résoudre, une enquête comme une autre à terminer. Il s'agissait là d'une affaire de famille.

Et puis... Spada, cela offrait un lien avec les sœurs Rigolot, qui avaient prononcé son nom à plusieurs reprises.

Spada, qui était né et qui avait vécu toute son enfance à Marseille selon les dossiers.

— Marseille ! hoqueta Aglaé. Mais c'est dans cette ville que les sœurs Rigolot avaient ouvert leur premier magasin de mode avant de venir s'installer à Villers-Cotterêts !

Alexandre se pencha vers elle et lui posa une main sur l'épaule, en un geste fraternel.

— Oui, et c'est aussi là-bas, sur le port, que Danglars, pas encore comte mais déjà banquier, a lancé ses premières affaires.

Marie-Louise Dumas, à son tour, y alla de son analyse de documents. Elle n'en perdait pas un mot, prise comme eux dans ce tourbillon de révélations !

— Et c'est aussi à Marseille que Gaspard Villefort, alors simple policier, a débuté sa carrière.

Après la bruine parisienne, les embruns marseillais !

Leurs aventures se termineraient donc très certainement sous le grand soleil du Sud…

CHAPITRE 27

Marie-Louise Dumas alla prévenir Mlle Adélaïde au milieu de l'après-midi. Les deux enfants et elle ne prévoyaient plus de rentrer en Picardie comme il était prévu. Ils filaient vers Marseille.

— Mais enfin, réagit la vieille demoiselle bossue, avez-vous perdu la raison ? C'est un trajet d'une semaine ! Pourquoi cette lubie ?

La mère d'Alexandre expliqua succinctement les raisons de leur périple. Adélaïde, que toute nouvelle ne concernant pas sa petite existence dépassait totalement, leva les yeux au ciel, dit ne rien comprendre et alla trouver Crétet le cocher pour lui donner l'ordre de se mettre en route. Elle allait rejoindre Villers-Cotterêts, et vite ! Ce séjour à Paris ne lui avait guère réussi, et elle ne s'y était pas sentie plus en sécurité que dans sa bonne vieille ville natale. Puis Mme Dumas chargea l'épouse de l'aubergiste d'une mission : lui trouver, pour la somme la plus réduite possible, trois places à bord d'une diligence partagée qui partirait au plus vite et qui les conduirait jusqu'à Marseille.

Pendant que se tenaient ces entrevues, Alexandre et Aglaé s'étaient isolés dans le petit jardin potager qu'entretenait le patron près de l'arrière-cour de l'établissement. Là, sous une tonnelle parcourue de feuilles de vigne rouges, le jeune garçon prit la main de sa compagne d'aventure entre les siennes et lui promit de tout tenter pour faire la pleine et entière lumière sur ces mystères. Ils étaient parvenus à démêler quelques fils. Il restait à comprendre la place centrale de Boudoux dans ce maelström puisqu'elle ne faisait plus aucun doute.

— Nous traverserons la France pour que tu obtiennes toutes les réponses ! déclara Alexandre.

Emporté par sa propre fougue, l'adolescent se leva brusquement. Mais Aglaé, bouleversée au plus haut degré depuis la découverte du journal et des dossiers de Spada, ne voulait pas quitter la main de son jeune ami.

— Le pensais-tu ? demanda-t-elle alors.

Alexandre plissa les yeux. À quoi pouvait bien faire allusion Aglaé ?

— Ce que tu as dit ce matin avant de claquer la porte ?

Là, il ne put faire autrement que de baisser les yeux. Oui, évidemment. Il avait parlé de sauver l'honneur de la femme qu'il aimait. Il avait lâché cela dans l'instant, sous le coup d'une puissante colère. Il n'en restait pas moins que c'était parfaitement vrai. Mais comment, dès lors, le lui confirmer ici, sous cette tonnelle, dans ce lieu bucolique ? Le lui confirmer calmement, posément, et l'embrasser ici, enfin, peut-être…

— Je pense toujours avant de dire, ou avant d'écrire. N'est-ce pas là la définition parfaite d'un écrivain ?

Une pirouette, encore. Une pirouette, toujours.

Aglaé lâcha la main d'Alexandre.

— Alors merci, dit-elle tout simplement.

Et là, Alexandre hésita à revenir auprès d'elle, à reprendre sa place, à s'asseoir genoux contre genoux, buste contre buste, et à se rapprocher d'elle, à poser ses lèvres…

Il fit un pas tandis qu'Aglaé fermait les yeux en guise d'invitation.

— Les enfants ! cria alors Mme Dumas. Nous partons ce soir à six heures !

Cette clameur maternelle remplie d'enthousiasme rompit le charme de l'instant. Le baiser sous les feuilles de vigne rouges n'aurait pas lieu.

— Vous êtes merveilleuse, mère, lâcha Alexandre, entre joie intense et déception profonde.

— Vous êtes trop bonne pour moi, dit Aglaé. Je ne sais comment vous remercier d'accepter de nous accompagner dans ce périple.

— Il faudra tout de même prévenir les Tellier de ton départ à Marseille, dit Marie-Louise. Je vais en charger Crétet. Eux aussi seront bien heureux que tout cela se termine bientôt. Je suppose que ces braves gens comptaient te dire la vérité sur tes origines un jour ou l'autre. Mais je n'ai pas de difficulté à comprendre leur réticence jusque-là. Avouer à l'enfant que l'on a élevé dans l'amour qu'il est le fruit d'une adoption n'est pas tâche aisée.

Aglaé approuva. Et, à six heures précises, les deux mousquetaires et leur chaperon prirent place à bord de la voiture.

Les finances de la famille Dumas ne facilitèrent en rien ce trajet long et coûteux. Ce fut pénible au plus haut point.

La diligence, dont les ressorts menaçaient de se briser sur chaque bosse du chemin, était particulièrement inconfortable. Chaque soir, dans l'auberge qui accueillait les voyageurs, c'était un concert de cris de douleur en tous genres. Un des passagers, un représentant de commerce en coton pourtant jeune et robuste, mais assis à l'extrémité droite de la banquette, dut même cesser le trajet au quatrième jour. Il ne put repartir de Mâcon, les vertèbres en pagaille. Les deux cochers qui se relayaient, deux frères jumeaux rustres qui parlaient à peine le français, ne s'en excusèrent pas et invitèrent même les plus fragiles à rester dans cette région où la nourriture et le vin étaient si goûteux.

Alexandre, Aglaé et plus encore Mme Dumas avaient grande hâte d'arriver à destination et de quitter l'habitacle de la voiture. D'autant que leurs compagnons de voyage se montraient désagréables, à l'exception d'un homme jovial qui disait se rendre chez un notaire de Marseille pour y toucher un héritage. Mais Alexandre lui battit froid car il avait cru déceler une petite boursouflure près de l'œil droit du bonhomme. Il le confia à Aglaé qui regarda à son tour mais ne vit rien. Cela rassura l'adolescent, qui avait une vilaine tendance à l'imagination.

— Et dire qu'il y aura ensuite le trajet retour, soupira Marie-Louise.

Chaque soir, Alexandre tentait d'obtenir par quelque moyen un exemplaire du journal local pour y guetter les dernières nouvelles sur Aglaé et Villefort. Mais, sur le scandale touchant le comte Danglars, rien n'était parvenu jusqu'ici. Dans l'auberge de Mâcon, précisément, il trouva un entrefilet à propos du commissaire Gaspard Villefort qui avait déserté son poste à la surprise générale, signant là l'aveu de sa culpabilité et de ses mensonges. On le disait parti pour Marseille. Alexandre partagea aussitôt l'information avec Aglaé et Marie-Louise. Ils se trouvaient définitivement sur la bonne route.

Alors que l'arrivée approchait, la diligence s'arrêta un soir à une auberge située entre Bellegarde et Beaucaire. L'établissement, de petite taille, était situé aux abords d'une grande plaine qui ressemblait à un lac de poussière et tournait le dos au Rhône. Une représentation grotesque du pont du Gard figurait sur une petite plaque de tôle située au-dessus de la porte et qui grinçait atrocement sous l'effet du mistral. Le propriétaire avait des yeux enfoncés et brillants, un nez en bec d'aigle et des dents blanches comme celles d'un animal carnassier. Et aucune boursouflure sur son visage !

Il se montra fort accueillant et sympathique, et alla jusqu'à servir à ses hôtes un souper qu'il dit compris dans le prix de la chambre, une soupe épaisse, délicieuse, faite à partir des légumes de son potager, des grosses tranches de pain et du fromage de chèvre frais particulièrement racé.

Ce fut là le premier vrai bon souper que prenaient Alexandre, Aglaé et Marie-Louise depuis leur départ de Villers-Cotterêts ! Ils n'avaient pas été à la fête jusque-là, sans s'en plaindre le moins du monde. Ils ne se trouvaient certes pas là en villégiature.

— Mangez ! Mangez, bonnes gens ! disait le propriétaire en remplissant systématiquement chaque bol de bois qui se vidait.

Alexandre, qui souhaitait emmagasiner quelques forces en prévision des aventures qui l'attendaient à Marseille, termina à lui seul le fond du chaudron de cuivre, sous le regard à la fois amusé et heureux de l'aubergiste, bientôt rejoint par son épouse.

On attribua ensuite les chambres et, comme à son habitude, Alexandre hérita de la plus petite, la plus chaude aussi, sous les toits, tandis que sa mère et Aglaé partageaient la leur, plus spacieuse et plus fraîche, à l'étage inférieur.

Bien. Dans un jour et demi, ils se trouveraient enfin à Marseille.

Alexandre, allongé torse nu sur son lit, les bras croisés sous la tête, désirait profiter de cette soirée et de cette nuit pour faire un point global.

Mais il commença à se sentir mal, bien mal. Son ventre le brûlait un peu, mais surtout sa vision se brouillait. Et puis il se mit à ne plus rien sentir de son corps, comme s'il s'était débarrassé de sa lourdeur. Il lui sembla flotter dans son lit et non plus s'y trouver.

— Je suis fatigué, marmonna-t-il, fatigué, fatigué…

Mais dix minutes plus tôt à peine, il pensait passer une nuit quasi blanche pour mettre au point le stratagème marseillais.

« Une drogue ! pensa-t-il. Une drogue dans le repas ! Un somnifère… »

Le mousquetaire tenta de se lever mais n'y parvint pas. Il n'avait plus le contrôle de ses membres. Il allait dormir, oui, d'ailleurs que pouvait-il faire d'autre ?

Une drogue… Mais alors, Aglaé et Marie-Louise… Droguées elles aussi ? Par qui ? Et pour quelle raison ?

Alexandre sentit qu'il ne lui restait plus que quelques précieux instants de conscience. Il vit la porte de sa petite chambre s'ouvrir et une masse sombre y entrer. Ce n'était pas l'aubergiste, il n'y avait pas assez de gras. Il tenta de lever un bras.

— Tout doux, mon petit... dit la voix. Tout doux... Tout ira bien...

Alexandre ne parvint pas à composer sa vision et la silhouette resta silhouette.

Puis il ne ressentit plus rien. Il ne pouvait lutter contre la drogue contenue dans la soupe. Il s'était profondément endormi.

CHAPITRE 28

Il reconnut le bruit des fers des chevaux tapant et retapant le sol. Il sentit les cahots de la route et la petite brise chaude et poussiéreuse qui entrait par la fenêtre entrouverte.

Lorsqu'il se réveilla enfin, Alexandre sut qu'il se trouvait à nouveau à bord d'une diligence.

Mais il ne s'agissait plus de celle, particulièrement inconfortable, qui les avait menés jusqu'à l'auberge du pont du Gard.

Non. Là, cela ne faisait aucun doute, il se trouvait à bord de la diligence noire de luxe qui appartenait à lord Wilmore, voiture qu'il avait pourtant contribué à désosser dans le quartier de Passy lors de ses aventures parisiennes.

Alexandre, qui était couché sur une des banquettes, se releva. Il se frotta les yeux et bâilla à s'en décrocher la mâchoire. Puis il découvrit enfin son environnement. Aglaé dormait encore, sur la banquette qui lui faisait face. Et, assis tout à côté, il reconnut le personnage du prêtre qu'ils avaient croisé en bas de Notre-Dame de Paris. Le prêtre et sa boursouflure à l'œil. Ce dernier ne dormait pas et partageait son regard entre celui d'Alexandre et la contemplation du corps endormi d'Aglaé.

— Monsieur Spada ? balbutia le jeune aventurier.

L'homme lui sourit.

— Tu peux continuer à m'appeler Boudoux, Alexandre. Je t'en laisse le choix.

— Ou lord Wilmore ?

Spada fit la moue.

— Là, je ne suis pas certain qu'il s'agisse d'une très bonne idée...

— Pourtant, nous sommes dans sa diligence... Par quel miracle êtes-vous parvenu à la reconstituer ?

Le faux prêtre balaya cette remarque de la main.

— J'en possède plusieurs. Une dizaine en tout, identiques. De magnifiques pièces fabriquées en Allemagne. Mais c'est un détail de peu d'importance. Nous avons tant à nous dire. Et d'abord, tu peux continuer à me tutoyer, Alexandre. Comme tu tutoyais Boudoux... Spada ou Boudoux, je souhaite rester ton ami...

— Un ami qui vous trompe et qui vous drogue, vous parlez d'un ami ! lâcha le jeune Dumas. Quand pourra-t-on enfin voir ton vrai visage ?

— À Marseille ! Nous y arriverons dans deux heures à peine. En attendant, par mesure de sûreté, je dois garder ce visage-là.

Alexandre approuva avant de continuer. Il avait hâte.

— Et ma mère, Marie-Louise ?

— Ne t'inquiète pas. Elle est entre de bonnes mains à l'auberge du pont du Gard...

— Ces diligences, cet hôtel particulier à Vincennes, toute cette aisance financière, alors j'avais vu juste dès le début… Mon intuition était la bonne. Le trésor du souterrain du puits, près de la mare où nous allions chasser, il t'appartient bien… Il appartenait bien à Boudoux ! Et tu as joué la comédie avec moi depuis le début alors, depuis notre première rencontre…

Spada le fixa droit dans les yeux.

— Oui, j'ai joué le rôle de Boudoux, mais ce n'était pas pour te tromper toi. J'ai joué ce rôle pour assouvir ma vengeance. Je vais te raconter toute mon histoire avant d'arriver à Marseille, où elle se terminera, et où votre aventure connaîtra sa conclusion par la même occasion. Mais j'aimerais que ma fille se réveille à son tour pour entendre aussi ce qu'a été la vie de son père…

Aglaé avait ouvert les yeux après la tirade d'Alexandre.

— Votre… fille… ? balbutia-t-elle.

Spada se leva et, en équilibre précaire, se rapprocha du visage d'Aglaé et déposa un puissant baiser sur son front.

— Oui, ma fille ! Si Mercédès est ta mère, moi, Bartolomeo Spada, je suis bien ton père.

Aglaé se dressa en position assise. Les deux se tenaient à présent par la main, et il y eut un long silence. Les questions se multipliaient dans l'esprit d'Alexandre, mais le temps était à l'émotion et au recueillement.

Et ce fut Bartolomeo Spada qui brisa ce silence afin de raconter son histoire, enfin :

— Oui, je suis bien l'homme aux mille visages, même si le seul et l'unique vrai est celui que je portais à ma naissance, celui que m'ont offert mes deux parents. Mon père était armateur à Marseille, et c'est tout naturellement qu'à l'âge de seize ans je suis entré dans sa société. Notre activité consistait à affréter des bateaux depuis le port de Marseille vers d'autres destinations pour le compte de commerçants ou de riches particuliers. Nous nous chargions du transport de marchandises ou de personnes, et le nom de Spada avait acquis au fil des ans, grâce au très grand professionnalisme de mon père, une réputation extraordinaire qui dépassait de loin les limites de la France. Mais, comme la plupart des réussites fulgurantes, elles créent bien des jalousies. Un jour, c'était il y a un peu plus de quinze ans, quasiment ton âge, mon Aglaé, on a confié à notre société le soin de mener à bon port un bateau de Marseille jusqu'à Naples. Ce n'était pas une mission tout à fait comme les autres puisqu'il s'agissait de convoyer une cargaison fabuleuse de pierres précieuses et de pièces d'or. Avec mon père, nous avions pris toutes les dispositions nécessaires pour que le transport se passe sans problème. Le plan de navigation a été gardé secret jusqu'au dernier instant. L'équipage était constitué par des hommes en qui nous avions une totale confiance, des fidèles parmi les fidèles. Et nous avions engagé plusieurs hommes de main très aguerris au cas où le bateau aurait à subir une attaque en mer. Nous étions donc certains d'assurer cette mission certes délicate, mais préparée sans omettre le moindre détail.

— Et le bateau n'est jamais arrivé à Naples, souffla Alexandre.

— Jamais, non. Il a disparu en pleine mer, avec sa cargaison et son équipage. En ce morne petit matin de mars, lorsque j'ai appris l'horrible nouvelle et que la police de Marseille est venue aussitôt m'arrêter, j'ai su que dès lors ma vie ne serait plus que peine et souffrance. J'ai été jugé coupable et condamné pour avoir détourné puis volé la cargaison du navire dont j'avais la charge. On m'a aussi accusé d'avoir exécuté les vingt membres de l'équipage afin de m'assurer de leur silence.

— Mais, si on vous a condamné, s'emporta Alexandre, c'est qu'il y a eu des preuves !

— Oui, de fausses preuves à charge contre moi. J'étais censé être le seul, avec le capitaine du bateau, à connaître le plan de navigation. Même mon père, qui est mort de chagrin quelques mois après ma condamnation, le pauvre homme, ignorait tout du tracé que nous avions décidé pour relier Marseille à Naples. Pourtant, il y avait bien une troisième personne qui avait expressément demandé à être mise dans la confidence. Le banquier de notre société. Un jeune homme qui débutait dans le métier avec talent et en qui j'avais toute confiance, nous étions même comme deux amis…

— Ce banquier, s'écria Aglaé, c'est le comte Danglars !

— Oui, ma fille, dit Bartolomeo Spada en lui serrant la main plus fort encore, même s'il n'était pas encore comte. Mais il s'agit bien de ce Danglars de malheur ! C'est lui qui a tout organisé… Le détournement du navire et ma mise en accusation. Pour cela, il a utilisé deux complices, ou plutôt trois si l'on veut se montrer précis. Tout d'abord, il lui fallait convaincre un lieutenant de la police générale de Marseille de ma culpabilité forgée sur de fausses preuves.

— Et là, c'est Villefort qui entre en piste.

Alexandre comprit alors la réaction du comissaire en découvrant le visage de Boudoux. Il avait vu le visage de Spada, l'homme qu'il avait injustement fait condamner !

— Vous avez l'esprit vif ! Villefort, oui, alors simple policier, ami de Danglars. C'est d'ailleurs cet homme de peu de foi qui m'a arrêté il y a quinze ans et qui m'a privé de ma liberté avant que je parvienne à la reconquérir. Il est venu témoigner au procès et a si brillamment apporté les fausses preuves de ma culpabilité, aidé en cela par deux autres personnes que vous connaissez particulièrement bien, et surtout toi, ma fille.

— Les sœurs Rigolot ! cria Alexandre.

— Oui. Deux femmes seulement guidées à l'époque par leur soif d'argent, leur soif de thésaurisation et de rente. Combien Danglars leur a-t-il donné pour fabriquer les preuves qui m'ont accablé ? Je n'en sais rien. Mais, aujourd'hui, elles ont payé comptant le prix de leur infamie.

— Mais quelles étaient donc les preuves, alors ? demanda Aglaé.

— Irréfutables. Du travail d'orfèvre, ma fille, soupira Spada. Lorsque je les ai vues, je me suis même demandé si ce n'était pas moi le coupable en réalité et si ma conscience ne refusait pas de l'admettre. Imaginez donc ! Danglars, qui avait accès aux locaux de notre compagnie sur le port, avait aménagé dans le plus grand secret une sorte de pièce souterraine secrète dans laquelle il avait fait disposer tout ce qui était nécessaire à la prise du bateau chargé d'or et de pierres précieuses. On y trouva un plan détaillé du navire ainsi que des possibilités d'attaque et de détournement, la liste précise de l'équipage avec les forces et les faiblesses de chacun de ses membres, plusieurs cartes suggérant des cachettes pour le trésor, une fois raflé, et, comble du comble, preuve au-dessus de toutes les autres preuves, des costumes noirs amples qui auraient permis aux brigands de se fondre dans la nuit et de partir à l'abordage en toute discrétion, costumes dessinés et cousus par les sœurs Rigolot, dont un qui se révéla être parfaitement à ma taille et qui, le matin de mon arrestation, se trouvait être encore humide d'eau de mer et de quelques taches de sang ! Une machination parfaite et ourdie dans les moindres détails…

— C'est horrible ! s'écria Aglaé.

— Oui, ma fille, on m'a condamné à trente années de captivité au château d'If, cette cruelle prison située sur une petite île au large de Marseille que vous apercevrez forcément dans quelques heures. Mais cette peine, si lourde qu'elle me soit apparue à l'époque, ne fut pas la plus terrible à supporter ! Car j'allais être père, oui, moi, Bartolomeo Spada, j'allais donner une nouvelle génération à notre grande famille. Mercédès, ma fiancée, était enceinte de toi, Aglaé, et nous projetions de nous marier dans les plus brefs délais afin que tu naisses dans une vraie famille… Danglars en aura décidé autrement ! Maudit Danglars qui, en plus de me voler ma liberté, a volé ma fiancée et a condamné ma fille à une vie qui n'aurait jamais dû être la sienne !

Phrase après phrase, révélation après révélation, tous les nœuds de cette grande histoire se défaisaient un par un.

— Mais tout ce que vous évoquez s'est passé il y a quinze ans, dit Alexandre. Or vous avez été condamné à trente ans d'emprisonnement au château d'If… Par quel prodige êtes-vous donc parvenu à en sortir ? Votre innocence a-t-elle fini par être reconnue ?

Spada secoua la tête.

— Elle ne le sera jamais vraiment dans notre société où un condamné même injustement condamné reste un condamné… C'est pour cette raison que j'ai fait le seul choix qui vaille, celui de la vengeance. Et, pour répondre à ta question plus précisément, Alexandre, je me suis évadé de cette île-prison ! J'ai réussi cet exploit grâce à un saint homme, un autre détenu, lui aussi injustement emprisonné et qui avait creusé un souterrain menant de sa cellule à une crique. Il se nommait Faria mais lui n'a pas eu ma chance, il est mort dans mes bras quelques heures après notre sortie du château d'If, mortellement blessé par un projectile. Je n'ai pas été en mesure de le soigner ni de le sauver.

Le regard de Spada s'assombrit.

— Mais juste avant de mourir, il m'a donné de précieux renseignements afin que je puisse recommencer ma vie sous un autre jour puisqu'il m'était tout à fait impossible de la reprendre immédiatement sous le nom de Spada. Il m'a confié avoir lui aussi été arrêté par Villefort pour avoir été son homme de confiance, pour ainsi dire un condensé de son banquier et de son notaire. Dès lors, Faria en savait trop. Il savait que Villefort était un ancien brigand reconverti dans la police, il savait aussi que les sœurs Rigolot, qui avaient quitté Marseille une fois leur forfait commis, avaient aménagé un souterrain sous leur magasin de Villers-Cotterêts pour y dissimuler le prix de leurs mensonges… Enfin, c'est lui, Aglaé, qui m'a appris, au moment de rendre son dernier soupir, que ma fille était bien née mais que Danglars, après avoir épousé Mercédès, avait refusé de la reconnaître et l'avait cédée à un couple de fermiers de Picardie, sur les conseils de ses deux complices costumières !

Le cocher de la diligence ouvrit une petite trappe à ses pieds qui lui permettait de communiquer avec les passagers.

— Nous arriverons à Marseille avant la fin du jour, monsieur Spada, dit-il.

L'homme aux mille visages consulta sa montre de gousset.

— C'est-à-dire dans une trentaine de minutes tout au plus. Et, déjà, je sens à nouveau les embruns de ma mer Méditerranée. J'ai juste le temps de vous conter l'histoire de ma vengeance. Je n'avais plus que deux idées en tête : te retrouver, ma fille, ce qui est fait aujourd'hui, et faire payer leur infamie à Danglars, à Villefort et aux sœurs Rigolot, tous les quatre artisans de ma chute et de mon désespoir. À ma sortie du château d'If, je n'avais plus rien, plus de nom, plus d'argent, plus d'amis, plus d'appuis. Mais j'ai trouvé une façon de retrouver de l'aisance financière… Détourner le trésor des sœurs Rigolot. Après tout, et vous l'avez découvert vous aussi, leur fortune acquise sur ma condamnation reposait sous la terre de Picardie dans des coffres portant mon propre nom ! Je suis donc arrivé à Villers-Cotterêts sous les traits de Boudoux, faisant croire à la directrice du bureau de poste que j'étais un lointain neveu. J'ai découvert le souterrain et aménagé une entrée plus directe par le puits qui se situait à quelques pas seulement de mon territoire. Je me suis montré patient. C'est durant cette période que j'ai aussi conquis ton amitié, Alexandre, et que j'ai fait ta rencontre, Aglaé… Pardonne-moi de m'être montré à cette époque quelque peu distant vis-à-vis de toi, mais j'étais obsédé par mon idée de vengeance et je savais que, si je me déclarais à toi, dès lors mon identité première reviendrait à la surface et je n'arriverais jamais à me venger de mes bourreaux ! Que cela a été difficile pour moi de résister à l'envie de te prendre dans mes bras ! Comme cela le fut quand je t'ai revue dans ma demeure de Vincennes sous les traits de Wilmore ! Ah, mon Aglaé, ma fille, mon amour !

Et il l'étreignit, la serrant à l'étouffer. On ne se serait plus cru dans l'habitacle d'une diligence, si luxueux soit-il, mais plutôt dans le confort d'un salon de lecture, ou bien encore sur la scène d'un théâtre tant ce témoignage promettait de spectacle !

— Boudoux l'ermite était ainsi prêt à se venger des sœurs Rigolot. Ce que j'ai fait lorsque tout a été en place. Je leur ai fait croire que Danglars viendrait les voir pour leur apporter plus d'argent encore, c'est pour cette raison qu'elles portaient toutes deux des robes splendides, pour accueillir leur hôte de marque. Mais c'est Spada qui est arrivé ce soir-là, dans une luxueuse diligence, Bartolomeo Spada que vous découvrirez bientôt…

— Alors, ce témoignage à propos de la diligence devant la boutique, c'était vrai ? C'était donc toi ?

Leur interlocuteur hocha la tête.

— Elles ont été terrorisées sur-le-champ, je n'ai eu besoin de rien dire. Elles ont cru voir un fantôme et se sont transformées en mannequins de cire. Je me plais à croire qu'elles resteront jusqu'à la fin de leur vie prisonnières de leur chambre à l'Hôtel-Dieu et qu'elles ne profiteront jamais de cette fortune mal acquise. Ensuite, ce fut à lord Wilmore d'entrer en scène et là, je dois te demander pardon, mon Aglaé, pour m'être servi de toi pendant ce bal costumé… Mais il fallait trouver un moyen pour moi d'entrer avec toi chez Danglars pour porter mon accusation en public, et devant ses amis ! Ma petite comédie autour de Boudoux emprisonné par Wilmore visait précisément cet effet. Quant à mon idée de jouer le mort lorsque vous m'avez retrouvé à Vincennes avec Villefort, après la fête, il s'agissait pour moi de pouvoir m'introduire dans le bureau du commissaire pour lui subtiliser les preuves de son passé de brigand… Et c'est à toi, Alexandre, que je dois des excuses à cet instant pour cette course folle que je t'ai imposée, jusqu'à te faire plonger dans une Seine glaciale…

Alexandre lui assura que ce n'était rien.

— Nous avons tous joué nos rôles à la perfection, mes enfants ! conclut Spada. Sans vous, il m'aurait été tout à fait impossible d'accomplir ma vengeance. Mais elle est loin d'être terminée. Danglars et Villefort sont en fuite, si j'en crois les informateurs dont je dispose un peu partout sur le port et ailleurs, et je compte bien les retrouver, les faire condamner et peut-être ainsi recouvrer mon innocence et mon nom par la même occasion ! Et puis j'aimerais connaître le fin mot de l'histoire quant à mon bateau qui a disparu… Qu'est-il arrivé aux membres d'équipage qui étaient pour la plupart des amis ? Où Danglars a-t-il entreposé la cargaison, qui était colossale ? C'est bien la raison de mon retour dans ma bonne vieille ville de Marseille ! La vérité à rétablir, évidemment, la pleine et entière vérité !

Alexandre et Aglaé avaient hâte.

— Voilà, mes enfants, termina leur interlocuteur. Vous avez entendu ma vraie voix, la voix de Spada, et bientôt vous connaîtrez mon vrai visage.

Mais Alexandre avait encore quelques points à éclaircir.

— J'aime la précision, déclara-t-il d'un air presque gourmand.

— Tu as raison, Alexandre, cela est primordial pour un romancier.

— Comment as-tu fait pour simuler ta mort depuis ton hôtel particulier de Vincennes jusqu'au poste de police du quai Saint-Bernard ?

— Grâce à une fausse cage thoracique en cuir imitant la texture de la peau qu'utilisent parfois les comédiens, sur scène, pour simuler la mort de leur personnage. Elle protège les vêtements des mouvements que provoquent les battements de cœur, et un homme qui y colle son oreille n'entend rien de ce qui se passe réellement en dessous...

— Astucieux ! s'enthousiasma Aglaé.

— Et pour cette mousse que j'ai trouvée dans la doublure de ton paletot que j'ai arraché en haut de Notre-Dame...

— C'est un peu le même principe. Ma silhouette d'origine, celle de Spada, n'est pas celle de Boudoux, elle se rapproche plus de celle de lord Wilmore ou même de celle qui est la mienne à l'instant, celle de ce prêtre passe-partout. Cette mousse me permettait de gagner en rondeur, en carrure, et de jouer à la perfection le personnage de Boudoux. Il n'y a bien que cette boursouflure à l'œil, une marque de naissance, que je n'ai jamais réellement réussi à dissimuler lors de mes changements d'identité...

— J'aurais une petite interrogation à mon tour, dit Aglaé. Pourquoi ma mère naturelle, Mercédès, a-t-elle accepté d'épouser Danglars alors qu'elle vous aimait ?

Spada prit le temps de répondre. Il le fit dans un soupir, avec une voix empreinte d'une grande tristesse :

— Elle a cru à ma culpabilité. Elle était enceinte de toi. Tu dois savoir qu'une fille mère, à notre époque, n'est pas mieux considérée qu'une prostituée par notre société. Danglars lui aura fait la cour et elle n'aura pas trouvé d'autre solution que ce mariage de raison plutôt que d'amour. C'est la triste condition des femmes que les hommes cherchent souvent à rabaisser. Mais je ne peux véritablement lui en vouloir… Je crois même que je l'aime encore, Mercédès.

Il y eut ce moment où l'on entendit seulement le heurt des roues de la diligence et des fers des chevaux sur les cailloux de la route. Puis Spada lança :

— J'espère que vous accepterez de m'accompagner dans ces derniers instants de vérité !

— Et comment ! répondit Alexandre.

Et tous éprouvèrent alors comme une sorte de vertige de bonheur promis.

CHAPITRE 29

Quelque part avant d'entrer dans Marseille, dans un de ces petits villages typiques qui entourent la ville comme pour la protéger, la diligence de Bartolomeo Spada s'arrêta. Mais elle ne s'arrêta pas comme le ferait une voiture ordinaire, à un relais de poste, entre deux bottes de foin, afin que les chevaux se reposent et se restaurent.

Non, puisque Spada prenait un malin plaisir à ne jamais faire comme tout le monde.

La diligence entra donc dans le village à vive allure, soulevant la poussière de la route comme aucune autre, et on eut l'impression qu'elle allait se fracasser contre les lourdes portes de bois de la grange vers laquelle elle fonçait. Il n'en fut rien. Deux hommes ouvrirent en grand les portes lorsqu'elle se trouva tout près d'y entrer. Au même instant, les cochers tirèrent sur les rênes pour ordonner aux chevaux de s'arrêter. Les portes se refermèrent. La diligence était arrêtée au milieu de la grange, les chevaux encore hennissants. Mais, aux yeux du monde, c'était comme si elle avait disparu.

— Cet endroit m'appartient, dit Spada. Je vais m'y changer. Et nous prendrons ensuite des chevaux pour gagner le port de Marseille. Je sais que vous savez tous deux les monter.

L'homme aux mille visages descendit de sa voiture et se dirigea vers un recoin de la grange, où l'attendait, dans l'ombre, cette femme qui avait fourni les costumes de mousquetaire aux deux adolescents.

Elle aida Spada à se changer puis elle s'occupa de son visage et de sa chevelure. L'opération dura longtemps, fort longtemps, mais, lorsque Spada revint se présenter dans un rai de la lumière du soir que laissaient passer les planches du toit de la grange, Alexandre et Aglaé eurent l'impression de rencontrer un nouvel homme.

Un homme d'une grande beauté, au visage très fin, aux yeux d'un vert puissamment magnétique, qui semblait détenir tous les savoirs et toutes les intelligences du monde. Et puis il y avait ce front, ce front qu'il prenait bien soin de dissimuler derrière des perruques tellement il était grand et atypique.

— Je vous présente Bartolomeo Spada, le vrai. Me voilà tel que je suis, tel que j'étais lorsque l'on m'a privé de mon nom. Avec quinze ans de plus, certes. Mais c'est bien cet homme que Mercédès a aimé, c'est avec cet homme qu'elle a vécu les plus belles années de son existence, celle où nous t'avons eue, ma petite Aglaé.

La jeune fille hésita à courir vers cet homme, ce nouveau père, pour l'embrasser mais elle se retint. Il était trop tôt.

— Allons, allons, il est temps maintenant de gagner le port et de rencontrer mes informateurs sur place. Nous n'allons pas tarder à savoir où se sont réfugiés Danglars et Villefort.

Alexandre était subjugué par le personnage. Il resta muet devant tant d'audace. Quelle différence entre le rustre Boudoux et le vrai Spada. Et pourtant, le premier était le second et le second était le premier !

Spada remercia, en italien, la femme qui avait œuvré à son habillage ainsi que les hommes qui avaient monté la garde dans la grange. Puis il désigna deux chevaux qu'on avait harnachés pour Alexandre et Aglaé avant de s'emparer d'un troisième, plus grand. Et il donna le signal du départ d'un puissant coup d'éperon.

Le port de Marseille était un endroit grouillant de vie, même quand le soleil s'était couché sur la cité phocéenne. C'était le cœur de la ville, celui où les affaires se faisaient et se défaisaient à toute heure du jour et de la nuit. Dans les estaminets et dans les rues, on négociait tout et n'importe quoi, du poisson, beaucoup de poisson, mais aussi des marchandises en tous genres venues d'Italie et de plus loin.

Spada et ses compagnons laissèrent leurs chevaux à l'entrée d'un établissement qui ne portait pas de nom et d'où sortaient, à intervalles réguliers, des groupes d'hommes aux bras chargés de grands sacs de jute. Avec son costume et sa cape noirs, l'ancien prisonnier était de loin l'homme le plus élégant de la rue, et même du port. Entouré de ces deux gamins, il attirait les regards, ce qui ne semblait pas forcément lui déplaire.

Ils descendirent l'escalier de l'établissement et se retrouvèrent dans une salle très sombre, sous le niveau du sol. Cela sentait fort le sel et le tabac. Spada s'assit à la seule table libre et fit apporter un alcool fort pour lui et pour les deux mousquetaires.

— N'y touchez pas, dit-il en buvant sa ration en une goulée.

Un homme arriva vers lui, lui chuchota un mot à l'oreille tout en désignant un homme accoudé au comptoir, en grande discussion avec celle qui semblait être la patronne de l'établissement. Il portait, lui aussi, un sac de jute sur le dos.

— Fais-le venir, dit Spada.

Ce fut fait, et vite fait.

— As-tu les renseignements que tu devais donner à Peppino ce soir ? demanda Spada.

L'autre le regarda, l'air louche.

— Oui, j'ai les renseignements pour Peppino. Mais tu n'es pas Peppino.

— J'étais Peppino, soupira Spada. Simplement, ce soir, je n'ai pas pris les traits de Peppino. Car, à partir de maintenant, je garderai les miens, mon vrai visage.

Spada s'empara du bougeoir au centre de la table et approcha la bougie de sa tête, si près qu'il faillit s'en brûler les sourcils.

— D'ailleurs, le reconnais-tu, ce visage ?

L'autre poussa un cri, laissa tomber son sac à terre et recula. Son cri ne sembla pas déranger les habitués de la taverne.

— Ah, c'est toi ! pleura-t-il presque. Toi ! Bartolomeo !

— Oui, c'est moi, rugit Spada. Je suis de retour !

Les deux hommes s'étreignirent et Spada fit les présentations pour Alexandre et Aglaé. Cet homme se nommait

Caderousse, et il avait été le comptable de la société Spada avant qu'elle ne soit liquidée par Danglars et ses sbires.

— Mais par quel prodige ? demanda l'homme. Et, ainsi, Peppino, c'était toi.

— Oui, et je te présente ma fille, Aglaé.

— Tu as une fille, toi ?

— Ce serait bien long à t'expliquer, un jour peut-être, ou bien tu liras cela dans le journal, ce sera ton choix… Mais dis-moi, alors, ces renseignements ?

Caderousse sécha ses larmes de joie et vint s'asseoir à côté de Spada. Ils trinquèrent.

— Oui, deux hommes venus de Paris ont bien affrété un bateau dans la journée d'hier. Un magnifique trois-mâts, et armé par-dessus le marché. Le *Gaulois*, c'est son nom. J'ai leurs signalements et leurs noms si tu le souhaites.

— Non, je ne suis plus homme à m'attacher à ces détails, qui n'ont, au fond, que peu d'importance. Je suis certain qu'il s'agit de Danglars et Villefort fuyant les poursuites pour aller se réfugier à l'endroit où ils ont entreposé le trésor qu'ils ont volé il y a quinze ans.

Spada demanda une nouvelle tournée d'alcool. Il avait l'air d'avoir oublié la présence des deux adolescents. Mais eux ne perdaient rien de cette aventure. Et Alexandre sourit même en pensant à cet imbécile de Bligny qui le traitait de nègre et de pauvre dans la cour du collège de l'abbé Grégoire. Ce n'est pas ce fils de marchand de drap, si blanc et riche soit-il, qui aurait été capable de vivre, de survivre à de telles aventures et de sortir triomphant de tant de périls.

— Sais-tu vers quelle destination s'est élancé le *Gaulois* ?

Caderousse secoua la tête.

— Non, ils n'ont rien voulu dire. Je crois bien qu'ils ont versé une grosse somme pour que le propriétaire ne leur pose point trop de questions. Mais ce n'est pas la première fois que le plus riche des deux, celui que tu penses être Danglars, affrète un bateau pour quelques jours chez cet armateur. Ordinairement, il ne prend pas un trois-mâts mais une embarcation plus petite, plus facile à manœuvrer. Et alors il se rend en première étape au port de Bonifacio. Je tiens cela de plusieurs matelots qui ont navigué pour lui.

Spada hocha la tête.

— Je suppose qu'il a loué cette fois un trois-mâts pour être en mesure de rapatrier le plus possible de sa fortune. Nous serons bientôt fixés.

Spada remit une tournée.

— Caderousse, peux-tu encore me rendre deux immenses services, mon ami ?

— Tout ce que tu veux.

— Peux-tu m'aider à trouver un trois-mâts pour demain matin ? Armé ? Une copie conforme de celui qui est parti hier. Nous mettrons le cap sur Bonifacio.

Caderousse lui envoya une grande claque dans le dos.

— C'est comme si c'était fait, mon ami. Et le second ?

Celui-ci, personne n'en sut rien car il le chuchota à l'oreille de son ancien comptable.

Puis ils trinquèrent, encore et encore.

CHAPITRE 30

Le 15 mars 1814, la vigie de Notre-Dame de la Garde signala le trois-mâts le *Pharaon* comme quittant le port de Marseille vers une destination inconnue.

À bord de ce fabuleux vaisseau, on retrouvait un équipage au complet, commandé par un capitaine, ainsi qu'un homme étrange vêtu d'une cape et d'un costume noirs, celui qui avait affrété le navire, ainsi que deux adolescents, un jeune garçon et une jeune fille qui semblaient subir là leur baptême des mers.

Nul ne savait vraiment à bord le but de ce voyage. Lorsque le capitaine, qui se nommait Leclère, avait demandé à son employeur ce qu'il attendait de lui, l'autre excentrique lui avait répondu : « M'obéir et naviguer ! »

Il fixa le cap vers Bonifacio.

Plus étrange encore, notèrent les observateurs professionnels ainsi que les commères sur le port, on n'embarqua rien à bord, si ce n'est quelques barils de poudre, ce qui supposait que le fada, là, tout en noir, avec ses deux gamins, avait simplement décidé de s'offrir une petite excursion maritime à bord d'un trois-mâts dont le pilotage nécessitait une vingtaine de marins.

Et le *Pharaon* s'était élancé avec Spada sur la proue, cheveux au vent, les bras écartés, comme fendant les flots. Il semblait d'une confiance folle, assuré de retrouver ses ennemis et de les punir, assuré d'accomplir sa vengeance.

Ils arrivèrent à Bonifacio alors que la nuit allait tomber et Spada loua trois chambres dans la meilleure auberge de la ville. Mais, au lieu de les payer au prix indiqué, il tripla la somme et demanda au patron de l'établissement s'il avait accueilli quelques membres d'un équipage la nuit précédente. Le propriétaire, tout d'abord, n'accepta pas l'argent, ne voulut pas répondre. Et puis il finit par livrer son secret, Spada s'étant montré particulièrement convaincant. Oui, c'était le comte Danglars, oui, il venait souvent.

— Je lui garde une chambre à l'année chez moi, car il passe régulièrement, précisa l'aubergiste. Enfin lui ou M. Villefort, ou un autre de ses amis.

— J'aimerais voir cette chambre, monsieur, dit Spada. Votre prix sera le mien.

L'autre s'offusqua :

— Il y a des services qui n'ont pas de prix, monsieur. C'est hors de question et votre insistance à m'entretenir de M. le comte Danglars commence à devenir suspecte. Je vous prierais de vous arrêter…

— Alors, je n'insiste pas, dit Spada.

Mais il prit à part Alexandre et Aglaé.

— Nous attendrons que ce vaurien soit couché pour fureter dans la chambre de Danglars. Il faut savoir être patient pour préparer une vengeance.

À deux heures du matin, ce fut Alexandre qui réveilla Spada et Aglaé. Il ne s'était pas endormi et avait entendu l'aubergiste aller se coucher.

— Je propose de t'accompagner, dit l'adolescent, pendant qu'Aglaé fait le guet en haut de l'escalier.

Les rôles étant distribués, on passa à l'interprétation.

Spada crocheta avec une habileté sans faille la serrure de la chambre de Danglars. Elle était sommairement meublée d'un lit, d'un bureau contenant quatre tiroirs fermés à clef ainsi que d'une petite commode. Il y avait beaucoup de poussière sur les meubles.

Alexandre explora la commode et trouva quelques vêtements, mais surtout, dissimulés dans les vêtements, plusieurs petits flacons de verre contenant un liquide sentant fort l'amande amère.

— N'y touche surtout pas, malheureux ! dit Spada. Il s'agit probablement d'arsenic. Peut-être y a-t-il trop de rats là où Danglars a entreposé le trésor volé ? J'espère en tous les cas que l'arsenic ne lui sert pas à empoisonner quelques matelots qui menacent de parler de sa cache au trésor pour s'en débarrasser… Qu'il soit menteur, dissimulateur et escroc, ah oui, mais j'espère qu'il n'a pas ajouté meurtrier à la liste !

Dans le bureau, après avoir crocheté chacun des quatre tiroirs, Spada avait trouvé des dizaines de feuilles blanches ainsi que plusieurs carnets dont toutes les pages étaient à la fois vierges et gondolées. Ce qui intrigua Alexandre.

— Tiens fermement ta bougie à cette hauteur, dit-il à Spada. Et, surtout, ne la monte pas d'un pouce !

L'adolescent plaça les feuilles du carnet à distance de la flamme afin qu'elles s'imprègnent de chaleur. Lorsqu'il les retourna, il vit inscrits en caractères marron, et de la main de Danglars, reconnut Spada, des tas et des tas de chiffres avec, tout à côté, quelques descriptions d'objets ou de pierres précieuses.

— Il a fait là son inventaire du trésor à l'encre sympathique, dit Alexandre. Et cette couleur marron indiquerait soit du jus de citron, soit de l'huile de lin.

Spada dissimula deux carnets dans une des poches de son costume.

C'est à cet instant qu'ils entendirent un doux sifflement. Le signal choisi par Aglaé ! L'aubergiste s'était peut-être réveillé ou alors quelqu'un montait à l'étage… Ils sortirent précipitamment de la chambre de Danglars, prenant bien soin de refermer la porte, et se retrouvèrent tous les trois dans la chambre de l'homme aux mille visages.

— Nous sommes sur la bonne piste, mes enfants, dit Spada. Danglars est passé là hier, j'en mettrais mes mille têtes à couper.

Aglaé voulut prendre la parole. Mais au fait, comment devait-elle appeler Spada ? Père ? Oui, au fond. Pourtant, par pudeur, elle ne se sentait pas encore d'y parvenir. Après un raclement de gorge, elle finit par intervenir :

— Tu nous as dit que le bateau qui contenait le trésor devait rallier Naples depuis Marseille. Il passait donc bien par Bonifacio.

— C'est exact, ma fille.

— Le trésor pourrait tout autant se trouver ici, dans la ville ou dans ses environs.

Spada composa un petit sourire.

— C'est que tu ne connais pas les Corses, Aglaé. Danglars n'aurait jamais laissé son trésor sur cette île. On naît corse, on ne le devient pas. Il n'aurait trouvé là aucune protection.

— Alors il l'aura laissé sur une autre île, supputa Alexandre, une plus petite île, moins accessible, une île où personne n'aurait envie de mettre les pieds parce qu'il n'y a rien à y trouver…

Spada ébouriffa la chevelure d'Alexandre.

— C'est aussi mon intuition, petit ! Mais c'est qu'il y a réellement de la graine de grand homme là-dedans !

— Possèdes-tu une carte de la Méditerranée ?

Spada, tel un magicien, en sortit une du revers de sa veste et la déplia sur son lit.

— Je vois trois destinations d'îles possibles après Bonifacio : Ponza, Giglio et Monte-Cristo.

— Ponza et Giglio sont des îles habitées, dit Spada.

— Reste Monte-Cristo, conclut Aglaé.

— C'est un rocher, soupira Spada.

— Un rocher peut abriter des grottes, dit Alexandre.

— Mais celle-ci n'est pas sur la route pour Naples, il faut remonter vers le nord.

— Et alors ? Danglars n'avait certainement jamais eu l'intention d'aller à Naples dans ses plans. Il a pu faire détourner le navire juste après Bonifacio pour rallier Monte-Cristo.

Spada ne mit guère de temps à se décider.

— C'est d'accord, dit-il. Demain, nous mettrons le cap vers l'île de Monte-Cristo.

Ils partirent à l'aube le lendemain matin et Spada dicta ses consignes au capitaine Leclère. Ce serait l'île de Monte-Cristo.

Et l'île de Monte-Cristo apparut à l'horizon, puis grandit, grandit.

Trouverait-il là-bas, sur les rives de l'île, l'autre trois-mâts, le *Gaulois* ?

Spada ordonna au timonier de mettre la barre à bâbord, afin de ne pas accoster l'île par le chemin le plus simple et le plus rapide.

Alexandre et Aglaé ne pouvaient détacher leurs regards de l'île. Plus ils approchaient et plus ils se trouvaient en mesure de détailler la formidable masse rocheuse qui passait par toutes les couleurs sous le soleil couchant, du rose vif sur les cimes au bleu foncé sur les reliefs bas.

Le *Pharaon* filait fièrement et sûrement, fendant les flots méditerranéens avec autorité.

Dans quelques instants, ils pourraient donc accoster et partir à la découverte de l'île, chercher le trésor, le trouver peut-être...

Spada prit Alexandre et Aglaé contre lui et les serra fort.

— Je touche au but, mes enfants, je n'ai jamais été aussi près...

Et c'est précisément lorsqu'il prononçait ce dernier mot que la première détonation retentit.

— On nous attaque ! hurla l'homme de la vigie.

Le boulet de canon perça le bastingage du *Pharaon* à quelques pieds seulement de l'endroit où se trouvaient les trois héros.

CHAPITRE 31

— C'est que nous sommes sur la bonne voie ! hurla l'homme aux mille visages. Hardi ! Hardi ! Répliquez ! Répliquez !

Puis il se tourna vers les deux mousquetaires.

— Vous deux, allez donc vous réfugier dans la cale !

— Avec les barils de poudre ? tonna Alexandre. Pas question !

Il comptait bien participer à cette bataille navale. Et Aglaé souhaitait elle aussi ne pas rester les bras croisés ou, encore pire, à trembler de peur dans un endroit où elle ne verrait rien et ne ferait qu'entendre le sifflement des boulets.

— Hardi ! Hardi ! criait Spada.

— Mais où nous avez-vous conduits ? demanda le capitaine Leclère, qui commençait à s'inquiéter pour ses hommes, et un peu pour lui aussi.

— Je vous mène vers la justice, capitaine ! dit Spada. Dites à vos hommes qu'ils sont en droit de répliquer ! L'ennemi est dans le faux, nous sommes dans le vrai !

Un combat acharné commença alors. Plusieurs dizaines de boulets furent échangés de part et d'autre. Le *Gaulois*, à quai, combattait le *Pharaon*, en mer, avec obstination. Plusieurs projectiles endommagèrent le navire, dont un qui brisa une partie haute du mât du milieu – un joli tir – et fit s'affaisser tout un pan de voile.

Alexandre s'occupait d'un canon tourné vers l'île de Monte-Cristo. Il officiait avec un marin qui lui indiqua la façon d'allumer la mèche afin de faire partir le boulet. Il régla même la direction de la bouche de canon pour le dernier tir et il lui sembla qu'il avait fait mouche contre la coque du *Gaulois*.

Et puis les deux camps arrivèrent au bout de leurs stocks de munitions.

Et pas un navire n'avait réellement coulé et terminé au fond de l'océan.

— Capitaine, demanda Spada, est-ce que nous sommes en mesure de rejoindre l'île dans les plus brefs délais ?

Leclère fit la moue.

— Un de nos mâts est abîmé, il faudrait prendre le temps de tendre à nouveau la voile, mais oui, je crois que nous sommes en mesure de gagner l'île.

— Je donne vingt louis d'or supplémentaires à chacun de vos hommes s'ils remettent le *Pharaon* en état avant que la nuit ne tombe vraiment !

Quelques instants plus tard, Spada se trouva plus pauvre de plusieurs centaines de louis mais plus riche d'aventures encore à vivre.

Le *Pharaon* vogua à nouveau.

Et il accosta sur l'île de Monte-Cristo aux dernières lueurs du jour.

CHAPITRE 32

Dans la nuit puissamment noire de la pleine mer, la moindre lueur vous éblouit aussitôt. Ce fut le cas lorsque Alexandre, accompagné de Spada et d'Aglaé, s'engagea une lampe à la main sur les premiers rochers de l'île.

Aucun comité d'accueil ne les attendait et il leur sembla même que les membres de l'équipage du *Gaulois* avaient déserté son bord. Le bateau ennemi se trouvait à quelques centaines de pieds dc l'endroit où ils avaient débarqué.

L'adolescent eut beaucoup de mal à tracer son chemin sur les rochers. Mais il parvint à s'élever un peu, grimpant sur une excroissance pour s'offrir de la hauteur.

Et c'est de ce point qu'il distingua les petits points lumineux, ces lueurs qui traçaient un chemin entre les rochers, en contrebas, pour s'enfoncer vers le centre de l'île. Il appela Spada et Aglaé, qui le rejoignirent en haut.

— Des torches ! dit l'homme aux mille visages. Un chemin de torches qui doit mener à la grotte au trésor !

Ils redescendirent et Spada indiqua alors le chemin qu'ils devraient suivre.

— Aucun membre de l'équipage ne veut nous accompagner ? constata Aglaé. Il serait peut-être plus prudent de faire grossir nos forces…

Son père eut un petit geste de dépit.

— Ils ne poursuivent pas le même but que nous… Et puis nous devons avoir confiance, car nous sommes dans notre bon droit.

— Ils n'ont pas hésité à nous tirer dessus, père !

Le mot était lancé. Spada le nota, il en fut tout ému et, si le silence n'avait pas été aussi dramatique, il se serait emparé de sa fille pour la couvrir de doux baisers. Aglaé l'avait appelé « père » et il venait enfin de connaître cette joie ineffable dans l'existence d'un homme. Il répondit, en maîtrisant son émotion :

— Certes, et c'est pour cela que je souhaite vous donner ceci.

Il sortit des poches intérieures de sa veste deux pistolets et confia le premier à Alexandre puis le second à Aglaé.

Mais la jeune fille n'accepta pas l'arme puisqu'elle n'était pas capable de la manier.

— Alors je la prends, dit Alexandre, et tu resteras derrière moi. Dès cet instant, je suis en charge de ta protection, mon Aglaé.

Alexandre arma avec dextérité les deux pistolets et les brandit devant lui en commençant à emprunter le chemin balisé de torches. Plus ils s'enfonçaient vers l'intérieur de l'île et plus le bruit du vent diminuait. Ils allaient vers le danger, mais leur environnement direct se faisait de moins en moins menaçant.

Au détour d'une grosse pierre, le chemin s'ouvrit sur une immense grotte naturelle, taillée dans la roche de Monte-

Cristo. L'accès à cette cavité était immense, des morceaux de pierres effilées, sortes de stalactites et stalagmites de granit, se présentaient en haut, en bas et sur les côtés, faisant de cette entrée une sorte de grande bouche monstrueuse, percée de dents et qui attendait ceux qui allaient oser y entrer pour se refermer. Se refermer pour les mordre puis les déchiqueter !

Spada, Alexandre et Aglaé ne purent retenir un frisson devant cette vision intense. Ils avancèrent néanmoins.

— Entrez donc ! entendirent-ils alors.

Les trois intrus reconnurent immédiatement cette voix. C'était celle de Danglars.

— Approchez ! Il est grand temps que je fasse faire à mes meilleurs ennemis le tour du propriétaire…

La confrontation allait bien avoir lieu.

CHAPITRE 33

Danglars était là, accompagné de Villefort. Ils se trouvaient quelque peu enfoncés dans l'immense grotte dont il était impossible d'apercevoir la fin. Ils portaient tous deux un revolver. Ils avaient eux aussi pris leurs précautions.

— Je crois qu'il serait bon que nous déposions tous nos armes, dit Spada. Nous n'allons pas visiter ton sanctuaire un pistolet à la main… Ce serait le souiller !

— Toi et ta fichue ironie, Bartolomeo, cracha Danglars. Mais tu as raison, déposons les armes puisqu'il s'agit de se retrouver ici entre anciens amis.

Le comte n'avait plus la même mine que lors des premiers instants de sa fête, à Passy. Il semblait bien fatigué, défait même, et, lorsqu'il découvrit que les deux gamins n'étaient autres que son pourfendeur et la fille naturelle de Mercédès, son visage s'affaissa encore plus.

— Ainsi donc tu auras trouvé mon repaire de Monte-Cristo, susurra le comte. J'avais dans l'idée de m'en débarrasser avant ta libération mais, puisque tu as décidé de t'évader du château d'If, je n'en ai pas eu la possibilité…

— Cela s'appelle l'effet de surprise, Danglars, répliqua l'homme aux mille visages. C'est ainsi que tu m'as piégé voilà quinze ans, me privant de ma fille, de mon amour, de mon père qui est mort tandis que j'étais derrière les barreaux…

Danglars ne répondit rien et indiqua une direction à Spada, un souterrain qui s'enfonçait plus profondément dans la grotte, une galerie parmi tant d'autres car Alexandre en distingua dix, peut-être même vingt autres tout le long de la paroi principale.

Ils débouchèrent dans une vaste pièce qui contenait de petits ateliers où travaillaient plusieurs hommes surveillés par d'autres qui, eux, étaient armés. On se serait cru chez un bijoutier, cela avait quelque chose de tout à fait incongru dans cet endroit.

— Oui, Spada, c'est bien ici que j'ai entreposé le trésor que j'ai volé il y a quinze ans. Mais un trésor n'est pas éternel, il s'épuise. Alors j'ai eu une idée lumineuse. Asservir les membres de l'équipage du navire afin qu'ils entretiennent les pierres précieuses et l'or sur mon île, mais aussi afin qu'ils les fassent se multiplier.

Alexandre, Aglaé et Spada eurent tous trois une grimace d'incompréhension.

— J'ai fait venir depuis Marseille, Nice, Rome et Naples quelques-uns des meilleurs tailleurs de pierres précieuses d'Europe. Ils ont formé les matelots afin que chacun soit en mesure de fabriquer de nouvelles pierres précieuses, à base de faux alliages, bien évidemment, mais en reproduisant les vraies pierres précieuses que j'avais volées ! Ainsi, il m'était possible d'écouler régulièrement des saphirs, des rubis, des émeraudes et des diamants sans réellement toucher à mon trésor…

— Tu as fait de ces matelots, de ces hommes plus libres que les autres, tes esclaves ? éructa Spada.

— Pas tous, non, corrigea le comte. Puisque plusieurs sont morts de fatigue ou de tristesse.

— Vous êtes réellement un être abject, lança Alexandre. Ce n'est pas votre costume de corsaire que j'aurais dû déchirer le jour du bal à Passy, mais votre flanc !

— Au Christ aussi, on a percé les flancs ! répondit le comte dans un sourire.

« Cet homme était-il devenu fou ? » pensèrent-ils tous. Et ils tournèrent à nouveau leurs regards vers ces forçats continuels, ces prisonniers qui, depuis quinze années, soit cent quatre-vingts mois, soit près de cinq mille cinq cents jours et cinq mille cinq cents nuits, se fatiguaient les yeux et les mains à concevoir de faux bijoux dans le seul et unique but de faire grossir la fortune déjà colossale de l'immonde comte Danglars.

— Ma fortune est sans limites, Bartolomeo.

— Était, corrigea Spada.

— N'est-ce pas le rêve que nous caressons tous ?

— En ce qui me concerne, dit Alexandre, c'est mon imagination que j'espérerais inépuisable. Mais on a les valeurs qu'on mérite.

Villefort prit alors la parole, lui qui n'avait pas encore dit un seul mot :

— Assez parlé ! Vous avez eu le bon goût de débarquer ici sans réelle protection, et ce n'est pas parce que nous avons tous déposé nos armes à l'entrée de la grotte que nous allons vous laisser repartir comme si rien ne s'était passé.

— La partie est finie, tonna Spada.

— Pour vous trois, certainement, dit le commissaire Villefort en empruntant un pistolet à un des gardes qui surveillaient les tables de taille de pierres. Alors vous allez me suivre et, maintenant que je vous tiens vraiment, vous n'en réchapperez pas !

Mais Spada ne perdit rien de sa superbe, malgré l'arme braquée sur lui :

— Vous ne tenterez rien, Villefort, Danglars, car vous êtes finis cette fois, et bien finis ! Concentrez-vous et écoutez bien ce qui vient du rivage… Vous ne pouvez pas le voir d'ici, le troisième navire qui accoste sur l'île à l'instant ! Mais vous allez très certainement entendre ceux qui en composent majoritairement l'équipage.

Et, en effet, des sifflets de policiers crevèrent le silence de la nuit.

CHAPITRE 34

« C'était donc cela, le dernier service qu'avait demandé Spada à son fidèle Caderousse ! » pensa Alexandre. Affréter un second bateau avec les forces de l'ordre à bord en leur promettant l'arrestation de Danglars et de Villefort, qui étaient bien en fuite et recherchés par la police française !

Alexandre et Aglaé échangèrent un long regard complice. Il se pourrait bien qu'ils aient réussi, à présent !

Danglars suait à grosses gouttes. Il ne savait plus quoi faire. Villefort, lui, tentait de garder son sang-froid.

— Il faut fuir, dit le comte.

— Mais pour aller où ? pesta Villefort.

— Vous devriez vous rendre ! dit Spada.

Villefort le visa alors, à la tête. Il pressa la détente et le coup partit, assourdissant, résonnant dans toute la grotte. Fort heureusement, l'homme avait tremblé et Spada n'avait qu'une minuscule égratignure à l'oreille gauche.

— Au lieu de gâcher nos munitions, va plutôt délivrer Mercédès, nous n'allons pas la laisser ici…

— Mercédès est là ? demanda Spada, le cœur prêt à bondir hors de sa poitrine.

Les sifflets des policiers se rapprochaient à présent, certainement attirés et motivés par le coup de feu tiré par Villefort. Un bien piètre geste que celui-là !

Bartolomeo s'avança alors vers Danglars et le saisit par le col de sa chemise, le soulevant même du sol sous l'effet de la colère.

— Tu vas me dire où est Mercédès ? Où est-elle ?

— Dans une cellule, là, tout près, nous allons...

Mais le comte ne put finir sa phrase. Spada le gifla violemment, à deux reprises.

— Voilà de quoi laver ce dernier affront, dit-il. Celui d'emprisonner sa propre épouse. Les affronts précédents, il y aura un tribunal pour te les faire payer.

Puis il partit à la recherche de Mercédès avec Aglaé et Alexandre, laissant là Danglars et Villefort, puisque les policiers de Marseille venaient d'entrer dans la grotte. Ce fut un soulagement tel pour les prisonniers que plusieurs d'entre eux s'évanouirent à la vue des forces de l'ordre.

Ils trouvèrent Mercédès recroquevillée dans le coin d'une cellule, dans une cavité, proche de celle de l'atelier. Spada fracassa la serrure avec acharnement à l'aide d'une pierre jusqu'à ce qu'elle cède et il prit alors, et enfin, Mercédès dans ses bras. Aglaé, émue au plus haut point par le tableau de ses parents réunis, se joignit à eux. Et tout le monde se mit à verser quelques honnêtes larmes.

— Nous sommes réunis à présent, dit Bartolomeo Spada, et plus rien ne pourra jamais plus nous arriver.

— Oui, père !

La jeune fille tourna alors son visage vers la comtesse.

— Oui, mère !

Mercédès serra sa fille tout contre elle, intensément, pour la première fois.

— Quelle joie de te retrouver ! Et pardonne-moi… Pardonne-moi toutes ces années perdues dans cette ferme du nord de la France…

— Elles furent heureuses, mère, répondit Aglaé. Me voilà à présent avec quatre parents !

Alexandre, qui n'avait pas les yeux les plus secs des quatre, vint se serrer tout contre eux à son tour. Car, à présent, il faisait bien un peu partie de la famille lui aussi.

Cette incroyable aventure prenait fin et il n'y avait rien de mieux que quelques beaux sentiments pour qu'elle se termine en apothéose, en félicité. C'était ainsi qu'il terminait ses récits, non ?

CHAPITRE 35

Le *Pharaon*, quoique quelque peu abîmé, traçait sa route du retour de Monte-Cristo vers Marseille. Dans quelques heures, la vigie de Notre-Dame de la Garde notera le retour du fameux trois-mâts.

Et cette fois, Bartolomeo Spada aura un regard pour la prison du château d'If, que l'on ne peut éviter en arrivant dans le port. Il la regardera en face, sans peur, puisque la capture de Danglars et de Villefort, s'ils passaient aux aveux, allait lui permettre d'être pleinement innocenté et de ne plus jamais remettre les pieds dans la prison.

Mais en attendant, en pleine mer, Spada rejoignit Alexandre, qui se tenait debout contre le bastingage, à bâbord, les yeux perdus à l'horizon. Les femmes de sa vie dormaient paisiblement sur leur couchette, toutes deux entrelacées.

— Dis-moi, Alexandre, commença Bartolomeo, te rappelles-tu précisément la raison de notre première vraie rencontre ?

L'adolescent haussa les épaules.

— Pour sûr que je m'en souviens. Ma mère voulait m'envoyer au séminaire pour faire de moi un curé. Et c'est toi qui m'as accueilli pendant trois jours. Trois des plus intenses journées de ma vie. Il est à croire que notre alliage produit quelque beau métal.

— Tu ne souhaites donc pas devenir homme d'Église ?

— Ah ça non ! dit Alexandre. Ou bien comme toi, alors… De temps en temps… Et puis lord aussi, ermite, prestidigitateur, fakir de Picardie, et j'en passe… Ce que je veux, c'est devenir un aventurier, un peu comme toi…

Spada lui sourit et ébouriffa à nouveau ses courts cheveux, déjà bien en pagaille entre le vent et les embruns.

— C'est une occupation fatigante, tu sais…

— Eh bien, le jour où je serai trop fatigué, je deviendrai romancier et je continuerai ainsi mes aventures !

— Tu as réponse à tout…

— Il le faut bien, sinon comment écrire des pages et des pages de descriptions et de dialogues, de sentiments, à partir de rien ?

— Écrivain n'est pas un métier facile, sais-tu ? En règle générale, une passion n'est jamais un plaisir.

Alexandre approuva.

— Un écrivain considéré comme tel, en France, Alexandre, c'est soit un homme mort, soit un homme que l'on considère comme bouffi d'orgueil…

Alexandre prit alors la main de l'homme aux mille visages dans la sienne.

La formule lui plaisait. Et cela tombait bien. Car le jeune Alexandre Dumas ne s'était jamais senti aussi vivant de son existence !

Édité par la Librairie Générale Française - LPJ
(58 rue Jean Bleuzen, 92 170 Vanves)

Composition Nord Compo
Achevé d'imprimer en Espagne par CPI
Dépôt légal 1re publication février 2020
14.4521.9 / 01 - ISBN : 978-2-01-711898-5
Loi n° 49-956 du 16 juillet 1949 sur les publications destinées à la jeunesse
Dépôt légal : février 2020